El mundo sin las personas que lo afean y lo arruinan

El mundo sin las personas que lo afean y lo arruinan

PATRICIO PRON

LITERATURA RANDOM HOUSE

Primera edición en esta colección: septiembre de 2015

Printed in Spain – Impreso en España

ISBN: 978-84-397-2218-2
Depósito legal: B-42.127-2009

Compuesto en Fotocomp/4, S. A.
Impreso en BookPrint Digital, S. A.

GM 2 2 1 8 R

Penguin
Random House
Grupo Editorial

Denn wir sind nur die Schale und das Blatt.
Der grosse Tod, den jeder in sich hat,
das ist die Frucht, um die sich alles dreht.

[No somos más que un cáliz y una hoja.
Cada uno lleva dentro de sí la Muerte.
Es el fruto alrededor del cual todo gira.]

RAINER MARIA RILKE
Das Buch von der Armut und vom Tode
[«Libro de la pobreza y de la muerte»]
(1903)

ÍNDICE

Las ideas 11
El viaje 19
Tu madre bajo la nevada sin mirar atrás 27
El estatuto particular 37
Un cuervo sobre la nieve 51
Una de las últimas cosas que me dijo mi padre. . . . 57
Es el realismo 67
Dos huérfanos. 101
Contribución breve a un diccionario biográfico del expresionismo 109
La historia del cazador y del oso #1 149
La historia del cazador y del oso #4 155
La visita al maestro 165
El mundo sin las personas que lo afean y lo arruinan . 175
El mecanismo de la historia 181
Los peces y las montañas 191
Abejas 199
Exploradores del abismo 205
El corte 213

Nota 219

LAS IDEAS

Para Leila Guerriero

El dieciséis de abril de 1981 a las quince horas aproximadamente, el pequeño Peter Möhlendorf, al que todos llamaban «der schwarze Peter» o «Peter el negro», regresó a su casa procedente de la escuela del pueblo. Su casa se encontraba en el límite este de Ausleben, un pueblo de unos cinco mil habitantes al suroeste de Magdeburgo cuya principal actividad económica es la producción agrícola, de espárragos principalmente. Su padre, que se encontraba en el sótano de la casa a la llegada del pequeño Möhlendorf, contaría luego que escuchó a este entrar y luego pudo inferir, de los ruidos en la cocina, que estaba sobre el sótano, qué hacía: arrojaba la mochila bajo el rellano de la escalera, iba a la cocina, sacaba de la nevera un cartón de leche y se echaba un vaso, que bebía de pie; luego ponía nuevamente el cartón en la nevera y salía al jardín de la casa. Esto era, por lo demás, lo que hacía todos los días al regresar de la escuela, y podría suceder que su padre no hubiera escuchado realmente los ruidos que luego diría haber oído sino, simplemente, haber escuchado que Peter había regresado y de allí haber inferido todo el resto de la serie, que había visto repetirse día tras día en los últimos años. Sin embargo, lo que el padre no sabía, mientras escuchaba o creía escuchar los ruidos que hacía su hijo sobre su cabeza, era que el pequeño Peter no iba a regresar esa noche a casa, ni las noches siguientes, y que algo que era incomprensible y daba miedo iba a abrirse frente a él y al resto de los habitantes del pueblo en los días siguientes, y aún después, y se lo tragaría todo.

Peter Möhlendorf tenía doce años y el cabello moreno, era tímido y no solía jugar con otros niños, de los que, por contra, parecía huir. La única excepción que parecía permitirse era cuando los niños jugaban al fútbol. Solía ir al prado que se encontraba detrás de los restos de la muralla medieval, que fueron destruidos más tarde por las autoridades de la así llamada República Democrática de Alemania con la finalidad de construir una carretera que nunca llegó a existir porque el gobierno de la así llamada República Democrática de Alemania cayó dos meses después de comenzadas las obras; la administración de las ruinas es hoy en día la única actividad a la que parece haberse dedicado realmente ese gobierno desde su creación hasta su derrumbe, el tres de octubre de 1990. Möhlendorf solía quedarse de pie junto al prado, observando a los jugadores y esperando que alguno de ellos se cansara o se lastimara para que le dejara su lugar; antes que esto, lo que sucedía habitualmente era que el dueño del balón echaba a alguno de los jugadores de su equipo y le hacía una seña al pequeño Peter para que se incorporara a su equipo, y esto debido a que Möhlendorf era un buen jugador. Su padre le había anotado en el Fussball Verein Ausleben, algunos de cuyos jugadores habían dado el salto y jugaban ya en equipos de la segunda división como el Dynamo Dresden y el Stahl Riesa, y esperaba el comienzo de la temporada, el verano siguiente.

El atardecer del dieciséis de abril de 1981, sorprendido porque su hijo no había regresado aún a la casa, el padre de Peter Möhlendorf salió a buscarlo; caminó hasta el prado y allí interpeló a los jugadores, que a esa hora eran muy pocos, pero todos afirmaron que no lo habían visto ese día. El padre de Möhlendorf recorrió las calles que conducían a la escuela esperando, como diría después, que el pequeño Peter hubiera tenido allí una reunión de alguna índole y se hubiera retrasado, pero el portero del edificio le informó que Peter se había marchado con el resto de los niños y que el edificio estaba vacío. Möhlendorf visitó las casas de algunos de los niños de la clase de su hijo pero este resultó no estar allí ni en ninguna otra parte.

Ya había anochecido cuando Möhlendorf convocó a algunos vecinos, que se apiñaron bajo la lámpara de la calle, y les expuso la situación. Su opinión –expresada con nerviosismo y de inmediato desestimada por el resto de los padres– era que el pequeño Peter se había perdido. Era difícil creer que un niño pudiera perderse en ese pueblo, que podía recorrerse en unos minutos y en el que no había siquiera tráfico para suponer un accidente. Un tiempo después, cuando los acontecimientos se habían precipitado y era necesario llenar las horas de búsqueda con palabras, cada uno de los padres recordó lo que había pensado en ese momento: Martin Stracke, que era alto y pelirrojo y se dedicaba a la reparación de aparatos eléctricos, dijo que había pensado que el pequeño Peter estaba gastando una broma a su padre, y que regresaría cuando comenzara a hacer frío; Michael Göde, que era rubio y trabajaba como profesor de gimnasia en el colegio del pueblo, dijo que había pensado que el pequeño Peter había tenido un accidente, probablemente en el bosque, que era el único sitio que revestía alguna peligrosidad de los que se encontraban en el pueblo y los alrededores. Yo, por mi parte, no pensé en nada, excepto en mi hijo, creo, pero después, al escuchar las confesiones de los otros padres en las horas de búsqueda y el reclamo de solidaridad que parecía provenir de ellos, inventé y dije que aquella noche yo había pensado que Peter se había perdido en el bosque. Mi invención fue tomada por cierta por todos aquellos a los que se la conté y explica los hechos de la noche del dieciséis de abril, ya que, tras parlamentar un rato bajo la lámpara de la calle, todos entramos a nuestras casas a buscar una chaqueta y una linterna y luego nos marchamos a buscar a Peter en el bosque. Nunca sabré por qué hicimos eso, porque nadie propuso aquella noche la idea de que Peter se hubiera perdido allí; mi invención posterior explicó nuestras acciones y por esa razón fue aceptada por todos, porque restituía un sentido a lo que había carecido de él.

El bosque que se encuentra en las afueras de Ausleben, y que continúa hasta recortarse sobre el macizo del Harz, dividiendo en dos la región, es oscuro y denso, la clase de bosque que inspira cuentos y leyendas que los habitantes de las ciudades y de los desiertos y de las montañas cuentan con ligereza, pero que los habitantes de los bosques temen y veneran. Esa noche recorrimos el bosque como locos, sin atinar a trazar una ruta o a dispersarnos convenientemente por el área. Una vez y otra mi linterna trazó un círculo en la oscuridad y en él encontré la cabellera roja de Martin Stracke. En otras ocasiones fui yo el que cayó en el cono de luz de la linterna de otro. Michael Göde desertó el primero porque al día siguiente debía dar clases. El siguiente fue Stracke. En un momento, mi linterna iluminó el rostro de Möhlendorf y su linterna iluminó el mío y nos quedamos un rato así, como dos conejos encandilados en la carretera, a punto de ser arrollados por algo que ni siquiera intuíamos. Entonces regresamos al pueblo, sin decir una palabra.

A la mañana siguiente, continuamos la búsqueda como ayudantes de los dos policías de la guarnición local de la Volkspolizei, a los que Möhlendorf había informado del caso. No encontramos nada, pero, cuando abandonábamos el bosque, ya por la tarde, vimos a la madre del pequeño Peter correr por el camino que venía del pueblo. Sus labios se movían pero no podíamos comprender nada porque el bosque absorbía todos los sonidos y los precipitaba hacia lo alto de las copas, allí donde tan sólo los pájaros podían escucharlos. Cuando estuvo lo suficientemente cerca, la mujer dijo a su marido que había visto a Peter agazapado en la colina que estaba detrás de su jardín, y agregó que lo había llamado pero que Peter parecía no haberla escuchado y no había entrado a la casa. Al acercarse a él, Peter había salido corriendo.

A la manera de esas noches en las que a un sueño angustiante le sucede otro que nos alivia sólo hasta que comprobamos que el siguiente, que a menudo no es más que su reflejo o su potenciación, es mucho más angustiante aún, las noticias que traía la mujer de Möhlendorf nos aliviaron –al fin y al cabo, Peter seguía vivo– pero abrieron a su vez otros interrogantes sobre las razones por las que había desatendido el pedido de su madre, dónde había pasado la noche, por qué no regresaba a la casa.

Al llegar al pueblo, nos salieron al paso dos niños de la clase del pequeño Möhlendorf que nos dijeron que lo habían visto rondando el prado; cuando llegamos allí, ya no estaba. Esa noche escuché a la mujer de Möhlendorf, que vivía junto a mi casa, llorar durante horas.

Al día siguiente, Frank Kaiser, que era el sastre del pueblo, visitó a Möhlendorf para decirle que esa mañana había visto a Peter junto al mayor de la familia Schulz corriendo a la entrada del bosque. Unas horas más tarde, Martin Schulz, que era recolector de espárragos y siempre llevaba la camisa arremangada, no importaba cuánto frío hiciera, nos dijo que su hijo había desaparecido.

En los días siguientes desaparecieron otros niños: Robert Havemann, de doce años, Rainer Eppelmann, de seis, Karsten Pauer, de doce, y Micha Kobs, de siete. Uno de los Pauer, que estaba presente cuando su hermano se marchó de la casa, contó que él estaba en su cuarto estudiando y viendo a su hermano jugar en el jardín cuando vio aparecer, entre los árboles de una propiedad contigua, a Möhlendorf y a los otros niños; dijo que nadie habló o que él no escuchó ninguna palabra, que su hermano estaba en cuclillas escarbando la tierra con una cuchara y que levantó la cabeza y vio a los otros, arrojó la cuchara a un costado y caminó hacia donde estaban los niños, y que luego se alejaron todos corriendo.

Nuestros temores a partir de ese punto cambiaron relativamente de tipo; ya no nos preocupaba la desaparición de Möhlendorf sino la forma en que este parecía haber ganado influencia sobre los otros niños del pueblo y los arrastraba consigo. A la angustia de los padres cuyos hijos los habían abandonado se sumaba la de aquellos padres que temían que sus hijos fueran los siguientes. Muchos dejaron de enviarlos a la escuela y hubo algunos –pero esto se supo después– que los encerraron en sus cuartos para evitar que escaparan; pero los niños siempre lograron hacerlo, imbuidos de una inteligencia y de una fuerza cuya fuente era desconocida para nosotros y que surgían tan pronto como Möhlendorf y los otros niños aparecían sobre la línea del horizonte, ligeramente agazapados, a la espera.

Las autoridades de la así llamada República Democrática de Alemania enviaron policías con dos perros y algunos soldados de la Volksarmee para que recorrieran el bosque y dieran con los niños. Sin embargo, aquéllos fueron demasiado displicentes o los niños demasiado listos porque nunca los encontraron. Mientras los policías, los soldados y los padres recorríamos el bosque escuchando solamente los gemidos de los perros o contándonos lo que decíamos recordar que habíamos pensado la noche en que el pequeño Peter había desaparecido, Möhlendorf asaltaba nuestras casas y otros niños se le sumaban: Jana Schlosser, de siete años, Cornelia Schleime de trece, Katharina Gajdukowa de nueve. Su ascendente sobre el resto de los niños, su capacidad para esfumarse en un pueblo pequeño de una región relativamente accesible –a excepción del bosque, que era, y es aún hoy, enmarañado y oscuro– y su prescindencia de alimentos y refugio nos sorprendían y nos desconsolaban pero también introducían un paréntesis en nuestra vida más o menos vulgar y bastante miserable de habitantes de la así llamada República Democrática de Alemania, y ese paréntesis parecía ofrecer una nueva normalidad conformada de desapariciones que, en su proliferación, temíamos, acabarían siéndonos indiferentes.

Una tarde, yo estaba en casa reparando una jaula de palomas que tenía. Las palomas volaban sobre mi cabeza y la cabeza de mi hijo, que me alcanzaba con desinterés las herramientas que le pedía. Mi hijo me contaba una película que decía haber visto: en ella, una mujer creía que su hijo había muerto; el espectador creía en lo que la mujer decía hasta comprobar que su marido pensaba que su mujer estaba loca y que nunca habían tenido hijos, la mujer escapaba de su marido y se encontraba con un hombre al que ella recordaba y que se acordaba de su hijo, entonces el espectador cambiaba por tercera vez de idea y pensaba que la mujer sí había tenido realmente un hijo. Yo le pregunté a mi hijo cómo terminaba la película. Me dijo que no se acordaba, pero que creía que la mujer entendía finalmente que su marido tenía razón y que ella estaba loca y sólo por casualidad había encontrado otro loco que creía en lo que ella contaba: nunca había habido ningún hijo, dijo el mío, y ese era el final correcto de la película porque, más o menos, todos los hijos, imaginarios o no, eran sólo una idea de los padres y, como las ideas, podían olvidarse o ser dejadas de lado cuando otra idea mejor llegaba, dijo.

Yo estuve a punto de responderle algo, o más bien preguntarle por qué inventaba esas historias –conocía el canal estatal y sabía que, incluso aunque esa película existiera, ellos jamás la exhibirían allí–, pero entonces vi que mi hijo se detenía en el gesto de alcanzarme una herramienta y esta caía al suelo. Sobre la colina que estaba al fondo de nuestro jardín, en el resplandor amarillo del atardecer, vi las siluetas de Möhlendorf y otros niños, agazapados como animales, observando a mi hijo. Mi hijo los miraba, inmóviles, y los otros lo miraban a él; pensé que dirían algo, que lo llamarían, pero no dijeron palabra. Mi hijo dio un paso hacia ellos y yo dije algo o sólo quise decirlo porque el ruido de las palomas, que daban vueltas en círculo alrededor de su jaula, no permitía escuchar nada. En ese momento, las palomas se precipitaron todas cayendo en picado desde el cielo hasta dar con las chapas de la jaula, y el ruido de sus patas arañando el metal me hizo pensar en la lluvia, en una lluvia inesperada que hubiera caído sobre todos nosotros. Y pensé en la película que mi hijo me había contado y me dije: «Él también es sólo una idea. Todos somos las ideas de nuestros padres, y nos esfumamos antes o después de ellos». Una pequeña campana que mi mujer había colgado ese día sonaba movida por el viento. Un coche pasaba lentamente frente a la casa y no se detenía. Mi hijo hizo entonces algo que yo no esperaba: miró hacia el suelo y me tomó del brazo, como si fuera yo el que iba a escapar, a reunirme con los otros niños –si es que aún eran niños– y a alejarme de él. Entonces vi que Möhlendorf se erguía un poco sobre la colina y su ropa parecía volverse transparente al darle el sol que se ponía. No pude ver su rostro puesto que este estaba en penumbras, y sin embargo, creo recordar –pero sólo puede tratarse de una ilusión– que sonrió y que su sonrisa no explicaba nada, no explicaba absolutamente nada. Entonces desapareció detrás de la colina. Mi hijo temblaba intensamente junto a mí y las palomas resbalaban sobre el metal como si este fuera hielo.

Unos dos días después, cuando la desaparición de los niños se había convertido en otra de las tantas incomodidades sobre las que nada podíamos decir y que eran parte sustancial e incomprensible de la vida en la República Democrática de Alemania, el pequeño Peter Möhlendorf regresó a su casa. Su padre, que estaba sentado en la cocina frente a un mapa topográfico de Ausleben y del bosque, levantó la cabeza y lo vio pasar camino de su cuarto, contó. Un momento después, volvió a entrar en la cocina con nueva ropa, sacó de la nevera un cartón de leche y se echó un poco en un vaso, que bebió de pie; luego puso nuevamente el cartón en la nevera y no salió al jardín de la casa, sino que se quedó mirándolo en silencio.

Esa noche o la siguiente el resto de los niños regresó a sus casas. Ninguno de ellos parecía estar lastimado, ninguno de ellos parecía tener un hambre inusual, haber pasado frío o estar enfermo. Ninguno habló nunca sobre su desaparición o lo que había hecho durante ella. El pequeño Peter Möhlendorf nunca explicó a nadie qué lo había llevado a huir de su casa durante esos días y quizá tampoco haya podido explicárselo nunca a sí mismo. Fue un alumno destacado en el colegio, y sus compañeros lo recuerdan como un estudiante aplicado pero accesible, que quizá fumaba demasiado. Peter Möhlendorf estudió ingeniería en la universidad de Rostock y actualmente vive en Frankfurt del Oder; tiene dos hijos.

EL VIAJE

El tren se detuvo como un animal herido que no acaba de convencerse de que morirá, y se arrastra bajo el sol, como si nada sucediera, y luego se detiene y muere. Marie todavía estaba sentada, con los tobillos regordetes que le asomaban bajo el ruedo del vestido azul y colgaban como ropa tendida, sin tocar el suelo. En el andén vio pasar velozmente la silueta de su madre y de su hermana y pensó que le hubiera gustado decirles que había dejado de servir en la casa de la señora Von Krokow porque herr Maak había muerto y su presencia allí, con la señora Von Krokow y unos pocos pensionistas que en algún momento se marcharían, no tenía mayor sentido. Pero sabía que no era verdad y que –aunque en ese momento, mientras el tren se detenía y los pasajeros comenzaban a levantarse de sus asientos, ella prefería no pensar en eso– su madre acabaría por saberlo de todas formas, si es que no lo sabía ya, si la señora Von Krokow no había levantado el teléfono un rato antes y la había llamado para contárselo todo. Agitó los pies en el aire como si quisiera levantarse y alejarse definitivamente, bajarse de ese tren y olvidarse de la señora Von Krokow y de Berlín, pero se quedó quieta, tratando de tranquilizarse pensando que la señora Von Krokow nunca hubiera gastado dinero en una comunicación de larga distancia para contarle a su madre algo de lo que, de todas formas, iba a acabar enterándose.

Aunque la señora Von Krokow era mezquina, maleducada y entrometida no era, pensaba ella, una mala mujer. No había tenido razones para quejarse en los dos años que había servido en su casa, mandada por su madre, que conocía a la señora Von Krokow de la época en que esta vivía en Bamberg. Nunca la había criticado por pagarle tan poco dinero o por no autorizarla a volver al sur a ver a su familia por Navidades. Nunca había creído, y quizá –pensaba ahora– ese fue su error, que la señora Von Krokow se comportara mal al impedirle siempre salir de la casa, excepto en la ocasión en que inauguraron la remodelación del Bundestag y la señora Von Krokow y sus pensionistas –excepto el doctor Maak, naturalmente– e incluso ella se montaron en un taxi, pese a que la señora Von Krokow hubiera preferido el subterráneo por ser menos costoso, y visitaron el edificio. Esa mañana tuvo, por primera y última vez, una muestra de la grandiosidad de Berlín, de la aguja del Fernsehturm agujereando el cielo, de las grúas erizando el lomo del antiguo Alexanderplatz, del puente Schlossbrücke y sus estatuas, de los edificios imponentes, cuyos nombres sólo después conocería, que se alineaban a lo largo de la avenida Unter den Linden. Esa misma tarde le contó la excursión al doctor Maak y éste, que no había ido con los pensionistas, le mostró un mapa de la ciudad, le apuntó los nombres que ella había olvidado y quiso señalárselos sobre el papel pero su mano temblaba demasiado y a Marie le pareció que el dedo con el que intentaba señalar los edificios de los que hablaba era como esas agujas de las brújulas que indican el Polo Norte pero nunca se quedan quietas, como si el Polo Norte se burlara de todos los intentos por mensurarlo, moviéndose a derecha y a izquierda. Marie contó «Luego pudimos ver, saliendo del puente hacia la derecha, una pequeña callecita en la que se vendían libros y manzanas con caramelo en unos puestos de madera con toldos de colores», y el doctor Maak dijo: «Es aquí, el puente es el Schlossbrücke y la calle se llama Am Kupfergraben; si la sigue se topa usted con la Museumsinsel. Allí se encuentra el Pergamonmuseum donde puede usted recorrer el Paseo de los Leones de Babilonia». Marie quedó sorprendida. «¿Estuvo usted alguna vez allí?», preguntó. «No hay museo que no conozca –respondió el doctor Maak con una sonrisa–. Los museos son la forma más perfecta del viaje; permiten conocer lugares distantes y maravillosos sin moverse de la ciudad. En cierta forma, son como la memoria de un viejo. Están poblados de acontecimientos y de cosas que ya no significan nada.» Marie no supo qué decir. «¿Me llevará allí alguna vez, herr doktor Maak?», le suplicó. El doctor Maak respondió: «Al regresar de mi viaje a Marruecos iremos al Museo y al terminar, en la calle Am Kupfergraben, le compraré una manzana con caramelo». Marie sonrió.

Pero el doctor Maak no fue finalmente a Marruecos. Marie lo supo al servirle el té una tarde y notar que el mapa que miraba con detenimiento no era el de Marruecos, no era el intrincado dibujo de montañas y extensiones amarillas que eran el mapa supuesto y quizá imposible del desierto. El nuevo mapa era una especie de triángulo invertido, acotado por el mar y las montañas y las selvas. «¿No viajará usted a Marruecos?», preguntó Marie ante la mirada desaprobadora de la señora Von Krokow. «Es imposible en este momento –respondió el doctor Maak–, los valientes nómadas han comenzado a luchar por su tierra y todo el desierto está convulsionado de camellos enjaezados para la pelea y fusiles y canciones de libertad.» «Entonces, ¿adónde irá usted, herr Maak?», preguntó Marie. El doctor Maak dio la vuelta al mapa para que ella pudiera leer en el centro del triángulo la palabra «Argentina». Marie lo miró perpleja. «Es un gran país en la América del Sur –le dijo el doctor Maak–. ¿Sabía usted que allí la gente sólo come carne de res? El país es tan rico que las calles están pavimentadas de la plata que extraen del fondo del río.» Marie leyó «Río de la Plata» en el mapa y no respondió nada.

En los días siguientes, el doctor Maak la instruyó sobre la Argentina ante la mirada aburrida y un poco impaciente de la señora Von Krokow, que prefería que su sirvienta se ocupara de la casa en vez de perder el tiempo con los pensionistas. «En Argentina tienen el mejor gobierno posible», le contaba el doctor Maak. «No tienen ningún gobierno, y la gente hace lo que le conviene y cree correcto. En el fondo esa es la razón de su riqueza y de su felicidad. En la Cámara de Representantes han puesto un casino». Marie podía escucharlo durante horas, asombrada de su conocimiento y de la firmeza con que dibujaba en los mapas caminos con su dedo tembloroso, sendas que él iba a recorrer y que, en los mapas, se perdían entre desiertos y selvas inimaginadas.

El problema es que el doctor Maak no se marchaba, pensó Marie, absorta en la imagen de sus zapatos negros, que ahora pendulaban al final de sus piernas en un vagón de tren vacío. En algún momento, podía pasar un mes o tres, el doctor Maak cogía otro mapa y comenzaba de nuevo con los preparativos de otro viaje. «¿Es que no lo sabe?», le respondía indulgente cuando Marie preguntaba. «En Argentina se ha desatado una horrible peste. Las personas caen como moscas sobre las avenidas de plata. Es imposible ir allí en este momento.»

El doctor Maak no se movía de la casa. Había concertado con otro pensionista de nombre Uhlings que este le trajera las escasas cosas que necesitaba: su tabaco, una botella de Schnapps de cerezas en el invierno, el periódico y los libros de la biblioteca. Alguien, Marie nunca supo quién, le enviaba todos los meses un sobre con dinero. El doctor Maak se inclinaba sobre sus mapas y sus libros acercando cada vez más la nariz al papel, como si oliéndolo pudiera confirmar la veracidad de sus líneas. El último año había perdido toda capacidad de movimiento, si es que alguna vez la había tenido, y Marie había ido poco a poco descuidando las interminables tareas de la casa para concentrarse en herr Maak, para ser sus piernas y, más a menudo, su voluntad y su memoria. El progresivo deterioro de sus facultades, que Marie no alcanzaba a percibir plenamente, como si estuviera pasando en otro lugar y en otro tiempo, no le impedía seguir planeando viajes. Esta vez era Marie quien lo persuadía. «No puede usted viajar a España, ¿no recuerda acaso que allí hay una guerra?», le decía. El doctor Maak se entregaba a la voluntad de Marie, pero una tarde ella lo encontró echado en el suelo junto a una tumbona. Había conseguido ponerse un impermeable de viaje –que Marie nunca le había visto– y armar una pequeña maleta, que sostenía en su mano derecha. Incluso en el piso, sonriendo estúpidamente como si no comprendiera nada, el doctor Maak era la imagen arquetípica del viajero.

Ésa era la imagen que Marie más recordaba del doctor Maak, porque fue una de las últimas. Tres semanas después murió, sin casi darse cuenta. Ella, que había estado a su lado todo ese tiempo resignándose a que la señora Von Krokow trajera otra empleada para que se hiciera cargo de la casa, vio cómo el doctor Maak se apagaba lentamente. En ocasiones, hacía un gesto que sólo Marie comprendía y ella recitaba lo que recordaba de alguna de las regiones donde el doctor Maak había planeado viajar. Muchas veces confundía los países. Mencionaba los desiertos recorridos por camellos de Argentina, refería con lujo de detalles los edificios que se alineaban junto a una avenida pavimentada de plata en Marruecos o le hablaba de España y de su peste, pero el doctor Maak no parecía poder reconocer ya los errores, o los perdonaba: le había regalado un museo inexacto de hechos inútiles, una memoria de viajes que eran imaginarios, pero también, y al mismo tiempo, los únicos de los que había regresado.

La señora Von Krokow pareció muy impresionada por la muerte del doctor Maak cuando se produjo. Ella misma llamó a los periódicos para publicar el aviso fúnebre y dispuso todo para que se lo velara en el comedor de la casa. Marie preparó café y schnapps para los asistentes, pero nadie se presentó, puesto que el doctor Maak no tenía parientes ni conocidos. En algún momento de la tarde, pasó por la casa un extraño visitante llamado P. que dijo haber tomado clases con el doctor Maak; parecía enfermo, y puede que quizá lo estuviera. No pudieron sacarle más que su nombre porque quince minutos después de haber llegado se marchó, haciéndole al muñeco desarticulado, que ya comenzaba a pudrirse dentro del cajón, un gesto que Marie no supo interpretar, si como una despedida o como una rabiosa demostración de vida frente a tanta muerte, algo que, de alguna manera, restablecía un orden anterior de cosas y saldaba una afrenta que el doctor Maak pudiera haberle hecho algún día.

La señora Von Krokow se marchó un rato después a dormir y Marie se quedó sola con el doctor Maak, con la fragilidad del muerto reciente y de sus plegarias católicas de alemana del sur. Al día siguiente, un auto negro pasó a buscar el cadáver para llevárselo al cementerio. Marie quiso acompañarlo pero la señora se lo impidió argumentando que había mucho trabajo por hacer en la casa. Entre ella y la nueva empleada reunieron las escasas propiedades del doctor Maak, y la señora ordenó que las arrojaran a la calle. Marie quiso oponerse, decir que esos mapas eran ya, también, su propia memoria, pero no dijo nada. Había comenzado a llover y se empapó bastante al dejar los libros y los planos en la calle. La señora Von Krokow llamó a una iglesia protestante para que vinieran a buscar la ropa para dársela a los pobres. Ella misma se quedó con los sillones y la mesa del doctor Maak, a los que hizo trasladar a su propio cuarto. Marie entró por última vez a la habitación del doctor Maak cuando la señora Von Krokow discutía con los decoradores el precio del nuevo papel para las paredes y quiso decir algo pero entonces vio que el rostro de la señora Von Krokow se descomponía y se preguntó si era por el precio impuesto por los decoradores, pero a continuación vio que la mirada de la mujer descendía a su vestido y ella bajó también la cabeza y miró y vio que el agua transparentaba bajo su vestido blanco y empapado el dibujo del mapa del doctor Maak que ella había querido conservar.

La señora Von Krokow la despidió acusándola de ladrona y, aunque Marie hubiera querido refutar ese argumento, al fin pensó que estaba bien, que no había ya nada que la retuviera en la casa excepto el recuerdo de la paciente inmovilidad con que el doctor Maak la había regalado durante años. Marie pensó por última vez en ese hombre del que ahora tenía la memoria, ese completo desconocido que había sido para ella como su padre y que la había entretenido con paisajes que ninguno de los dos iba a ver nunca. Miró hacia atrás por la ventanilla y vio que su madre y su hermana se asomaban, preocupadas, a todos los vagones, elevándose en puntas de pie, para tratar de encontrarla. Excepto por ellas, el andén estaba vacío ya. Marie se levantó. Abrió su maleta y se quedó mirando el vestido blanco, que tenía calcado, como un sudario, las líneas imprecisas del mapa que ella se había metido debajo el último día que sirvió en la casa, y repasó con el dedo, como hacía el doctor Maak, la línea de trenes que unía Berlín con Bamberg. En el andén, el cartel que decía «Bamberg» comenzó a moverse lentamente como si un animal herido, bajo el sol que el doctor Maak nunca sintió calentándole el rostro, pudiera seguir andando. Marie repasó con el dedo la línea de regreso a casa. El tren volvió a partir y ella se quedó quieta, viajando.

TU MADRE BAJO LA NEVADA SIN MIRAR ATRÁS

Un tiempo después de que tu madre haya muerto, mientras estés sacando cosas del altillo para arrojarlas a la calle como si pudieras desembarazarte de su recuerdo poniendo los plásticos en las bolsas amarillas y juntando los papeles y los vidrios en cajas que irás a tirar a la esquina, en los contenedores que hay allí y que tú utilizas y todos los demás utilizan para beneficio del medio ambiente y porque suponen que si no lo hicieran los principios en los que se funda nuestra sociedad se desmoronarían, mientras estés haciendo todo ello, encontrarás un pequeño álbum de fotografías, no más que un cuaderno con tapas de hule amarillas unidas por un hilo rojo de un material que parece seda y que en su última página tendrá la siguiente dedicatoria, fechada en Gotinga el veintinueve de mayo de 1967: «En recuerdo a los tres años de estudio que he disfrutado tanto en su casa y bajo su amable cuidado. Muchísimas gracias, su Gertraud Bode». Mientras mires esta dedicatoria, pensarás vagamente en las cosas que tu madre te ha contado de la época en que estudió en Gotinga, cosas en su mayoría irrelevantes o cuyo relato sólo estaba destinado a transmitirte las virtudes del trabajo duro y la disciplina y que, en realidad, probablemente fueran extraídas de algunas de las revistas acerca de la educación de los hijos que tu madre leía sin cesar, quizá con la esperanza de hacerte a imagen y semejanza de los niños que aparecían allí, y tú recordarás cuán diferente eras de ellos: eras moreno como tu padre, no destacabas en las clases y tenías un aspecto enfermizo que no dejabas de tener siquiera durante las vacaciones, cuando ibais al mar del Norte y allí te obligaban a quedarte echado bajo el sol bebiendo Rabenhorst, ese zumo de frutas que las madres alemanas adoran dar a sus hijos, hasta que ya no lo soportabas y echabas de menos las nubes negras por el hollín de las minas de carbón que, por entonces, mataban a las personas de la ciudad donde vivías con tanta facilidad como el desempleo y la desesperación lo harían después, cuando las minas cerraran y Gelsenkirchen –que así se llamaba tu ciudad– se convirtiera en un páramo. Es posible que tu madre creyera realmente que podía irte bien si eras disciplinado y trabajabas duro porque casi todo el mundo creía esas cosas en esos tiempos, pero quizá tampoco lo creyera realmente. Un tiempo atrás, cuando tu madre ya estaba en el hospital, ella te cogió de la mano y se emocionó recordando lo bueno que eras en los últimos años de la escuela, pero tú no pudiste dejar de pensar, en ese momento en que tu madre estaba muriéndose delante de tus ojos, deshaciéndose como el azúcar en el té de Frisia Oriental que tanto le gustaba, que tú habías odiado la escuela. Una vez le habías dicho, cuando aún eras un niño: «¿No crees que debería haber una escuela para quienes son como yo?». «¿Quiénes?», preguntó ella, y tú respondiste: «Los desesperados, los aburridos, los que están enfermos, los que no tienen nada, los que no son comprendidos». Tu madre te miró fijamente un momento y luego se giró y comenzó a llorar; aún la recuerdas, apoyada en el lavabo, temblando, y también recuerdas tu frustración y tu dolor porque tu madre no aceptaba que tú simplemente te sentías diferente al resto y que esa convicción era lo único que tenías, lo único a lo que aferrarte. Entonces sentiste que en su llanto había algo así como un mandato, un mandato que la elevaba por lo que podía ser visto por alguien no demasiado listo como ella como su fracaso en los esfuerzos hechos para convertirte en alguien «normal», en alguien que no sintiera que su lugar estaba junto a los miserables, para conducirla a su triunfo, ya que ese mandato –al que tú no podías resistirte puesto que tu madre era tu madre y tú su hijo, indefenso y ridículo, masticando aún tu tostada con mantequilla de avellanas, un barquillo de papel en una tempestad que ya conocías y sabías que duraría la vida entera y en la que sólo tenías a tu madre para que te guiara– consistía en no volver a hablar del tema y en hacer todo lo que estuviera a tu alcance para no estar entre los desesperados, los aburridos, los que están enfermos, los que no tienen nada, los que no son comprendidos. Ese mandato, pensarás, era el de la disciplina y el trabajo duro, que tú has fingido apreciar al principio y luego has comenzado a apreciar realmente, atravesando el pasillo que las maestras os hacían a quienes erais más listos, ese pasillo al que entrabais como niños –esto es, con sentimientos propios y personales que escuecen en vuestro interior y que apenas comprendéis– y del que salís convertidos en adultos asustados que compráis lo que os ordenan y trabajáis duro para poder comprarlo y obedecéis para poder trabajar, llenos de miedo al fracaso y sin haber entendido que ya habéis fracasado, que sólo sois un número en una estadística. Muchos plantáis árboles y cada árbol plantado os impide ver el bosque que el incendio calcina, todos los otros árboles que la tormenta arranca de cuajo, y a eso lo llamáis vivir.

Quizá tu madre fuera uno de vosotros. En el álbum aparecerá mucho más joven de lo que podrás recordarla, llevando un suéter negro y ajustado, posando ante unas fotografías de bailarines de ballet clavadas con alfileres en una pared o sosteniendo un papagayo de peluche en una pose infantil. Bajo la fotografía leerás la leyenda: «Sanmtier, mi papagayo». Estarás un largo rato dándole vueltas a ese nombre, tratando de encontrarle algún sentido al revés o reordenando las letras, por el caso de que se tratara de un acróstico, pero luego darás vuelta la página y te olvidarás de ello. En la siguiente fotografía tu madre aparecerá sentada a una mesa en la que hay varios libros, un globo terráqueo del tamaño de un puño, una vela y varias imágenes, posiblemente postales; tu madre estará de espaldas a la cámara escribiendo una carta y el pie de la foto será el supuesto encabezamiento de esa carta: «Querido Manfred Block». Manfred Block no será el nombre de tu padre. En esa fotografía, pero también en otras más, tu madre fingirá ignorar que la están observando, y en ese gesto notarás tanta intimidad que no podrás sino preguntarte quién las ha tomado y cuál era su relación con tu madre. En la siguiente imagen, ella, como si estuviera respondiendo a la pregunta sobre quién ha hecho las fotografías, sostendrá en sus manos una cámara y parecerá mirarla como si desconociera su mecanismo; en ese gesto habrá algo especular: tu madre siendo fotografiada finge desconocerlo todo sobre la fotografía. Ese gesto especular quedará aún más de manifiesto en otra imagen, en la que tu madre aparecerá retratando al fotógrafo, aunque con una cámara diferente a la que sostenía en la imagen anterior, como si hubiera cambiado aparatos con aquél. En las siguientes imágenes, en las que tu madre sintoniza una radio o lee un libro como si no supiera que la están retratando, notarás que el fotógrafo se detiene en detalles de su cuerpo –el cuello, el perfil del busto, las piernas largas y el trasero–, pero en otras esos detalles que hablan de la intimidad entre tu madre y el fotógrafo serán destacados por tu madre misma, quien, siempre sonriendo a la cámara, se pondrá de perfil para que su busto juvenil se aprecie mejor, cruzará las piernas, en un gesto usual en los filmes de la época que, pese a parecer inocente, no lo era, puesto que permitía, al subirse la falda, mostrar aun un poco más de lo que ésta revelaba por lo habitual. Tu madre ha estado flirteando con el fotógrafo a lo largo de toda la serie, eso te resultará claro desde el primer momento pero, sin embargo, serán tantas las preguntas que tendrás que no te atreverás siquiera a confesarte a ti mismo esa certeza porque siempre habrás imaginado el noviazgo de tus padres como una flecha lanzada al corazón del matrimonio, estable e infeliz. ¿Quién ha hecho las fotografías? ¿Quién es el hombre al que tu madre le ha dedicado el álbum y por qué no se lo ha entregado? ¿Quién era Manfred Block?

Un tiempo después del hallazgo encontrarás dos cartas metidas dentro de un libro: la primera estará dirigida a tu padre y fechada el catorce de octubre de 1966 y será una carta de amor; la otra estará dirigida al enigmático Manfred Block y fechada el diecisiete de enero de 1967 y será una carta de amor. Esta vez tu madre habrá conservado la respuesta de Manfred Block, incluido el sobre que contenía su carta, despachada el diecinueve de enero de ese año en Bremen. El tono amoroso será en ella más enfático de lo que cabe esperar en estos casos y para esa época. Se ha dicho que el idioma alemán es un idioma extraño a la literatura erótica porque nada amoroso puede ser dicho en ese idioma sin que suene a pornografía; en ese caso, podrás achacarle a las supuestas limitaciones de este lenguaje el tono de la carta. Que alguien dijera esas cosas a tu madre y que tu madre las celebrara mientras, al mismo tiempo, planeaba la boda con tu padre hubiera sido para ti inconcebible antes del hallazgo del álbum; en su procaz simpleza, el hecho abrirá un agujero en el suelo de tu pasado y por ese agujero tú y todas tus convicciones y todo lo que has hecho con tu juventud caerán sin remedio. Una noche, por enésima vez, mirarás el álbum y realizarás la siguiente constatación: el álbum contiene cuarenta y cuatro fotografías; en dieciocho de ellas tu madre aparece en un parque que, bajo una de las imágenes, llama «Schiellerwiese»; en otras trece se encuentra en su habitación; hay otras diez junto a tu tío, a quien no has llegado a conocer, una fotografía de una joven muy guapa, con el epígrafe: «La joven profesora Frauke en nuestra última tarde en Gotinga». En la última fotografía, tu madre aparecerá frente a una casa, y el epígrafe dirá «Fue aquí donde viví seis semestres», así que ya tendrás algo: decidirás viajar a Gotinga a buscar esa casa.

Mientras viajes en el tren desde Gelsenkirchen a Gotinga pensarás que todo tiene que tener una explicación lógica que muestre que en el mandato de tu madre y en la forma en la que te ha criado hay más de estupidez o de ignorancia que de impostura. En Gotinga mostrarás la fotografía en la oficina de turismo que se encuentra en el ayuntamiento. Una mujer a la que le falte un brazo y trabaje allí –claro que esto último es menos probable que lo otro y espero que lo tomes como imaginación mía– la observará un momento y dirá que cree haber pasado alguna vez por allí, aunque no recuerde en qué calle se encuentra; te dirá que de seguro está en el Ostviertel, el barrio ubicado al este de la ciudad; te mirará un largo rato esperando que digas algo, pero no sabrás qué decir; para agradecer la información y justificar de alguna forma el tiempo que le has robado, decidirás comprarle algo pero no sabrás qué porque los objetos en venta en la oficina serán todos inusitadamente feos. Finalmente te decidirás por una taza con el nombre de la ciudad; la mujer la cogerá con una mano y la envolverá en papel con una rapidez y una habilidad que te parecerán sorprendentes en alguien de su condición. La mujer te preguntará si quieres algo más. Tú dirás que quieres un mapa de la ciudad. La mujer lo sacará de un cajón, lo extenderá sobre una mesa y lo enrollará con una mano, después lo meterá dentro de una bolsa junto con la taza y tú le entregarás un billete. Ella te devolverá algo de dinero, que no contarás; luego agradecerás. «No hay razón», responderá ella; será una respuesta tan alemana que no sabrás qué decir y abandonarás rápidamente la oficina. En la calle cogerás el mapa, lo mirarás un rato y comenzarás a caminar en dirección al este sin prestar demasiada atención a las placas que en las fachadas de las casas conmemoran a las personalidades ilustres que las ocuparon. Una persona te detendrá quizá para preguntarte una dirección, pero tú dirás que no eres de allí. Seguirás caminando, dejarás atrás el teatro principal de la ciudad y llegarás al Ostviertel, donde encontrarás la casa. No te tomará demasiado tiempo –aunque te detendrás inútilmente frente a varias casas que te parecerán la de la fotografía pero no lo serán– y sin embargo tampoco poco tiempo, sólo el tiempo suficiente para comenzar a temer que la casa ya no exista y que toda la búsqueda haya sido en vano; cuando finalmente la encuentres, sentirás alivio y alegría y tocarás el timbre casi con optimismo. Supongo que quien te abrirá la puerta será una mujer joven de aspecto sofisticado. Te mirará un momento, y después tú te presentarás y le dirás que buscas a un señor que vivía allí en la segunda mitad de los años sesenta y ella te mirará otra vez y te dirá que ellos –aunque no especificará quiénes son «ellos» tú podrás imaginarte a un matrimonio joven, quizá con niños, ambos trabajando en la universidad, un matrimonio como los de las revistas que leía tu madre– habrán comprado la casa unos cinco o seis años atrás o quizá siete y que sólo habrán conocido a una sobrina del antiguo dueño, una mujer de apellido Brass que vivirá en Hamburgo y habrá sido la encargada de liquidar sus asuntos tras su muerte. Tú pensarás por un momento que la búsqueda ha terminado, que las pistas acaban allí y que todo ha sido una mala idea, pero la mujer te preguntará si tienes algún vínculo con el señor Brass, el antiguo dueño, y tú le responderás que no, pero que tu madre ha vivido allí entre 1964 y 1967 y que ella ha muerto y que tú has encontrado este álbum –y le extenderás el álbum, que ella hojeará, al principio con indiferencia y luego con mayor interés– y que hubieras deseado saber quién había sido el señor Brass y cuál era exactamente su vínculo con tu madre, y la mujer inclinará la cabeza un momento hacia la derecha, como si la suma de pensamientos en ella resultara muy pesada para su cuello, en un gesto que –pero esto tú no podrás saberlo– resultará habitual en ella, y, tras un momento, te dirá que la sobrina del señor Brass le habrá contado que el señor Brass fue profesor en la universidad y destinó durante un largo período de tiempo, entre 1947 y 1990, dos habitaciones de su casa a alojar estudiantes, en su mayoría jovencitas, a las que solía cobrarles un alquiler insignificante y que, según la sobrina del señor Brass, con la que ella habrá hablado en una ocasión, mientras resolvían los últimos asuntos pendientes en relación al traspaso de la casa, la insignificancia de la suma mensual que las muchachas debían entregarle, y que el señor Brass justificaba sosteniendo que no alquilaba las habitaciones por interés económico sino por altruismo, servía a manera de soborno.

La mujer te entregará el álbum y te dirá que la sobrina del señor Brass le habrá comentado que al liquidar sus cosas se encontró con cientos de fotografías que el señor Brass conservaba junto con álbumes que algunas de sus inquilinas le habían enviado, y que en las fotografías del señor Brass aparecían decenas de jovencitas a las que el señor Brass había retratado durante décadas, en ocasiones sin que lo notaran, aunque también –en algunas pocas de esas imágenes– participando deliberadamente del juego, en poses más y más procaces a medida que su relación con el profesor Brass, tal como ésta era historiada por la sucesión de fotografías, se volvía más y más íntima. La mujer te dirá que la sobrina del señor Brass habrá dudado sobre qué hacer con esas imágenes y que después de la muerte del señor Brass habrá enviado los álbumes a aquellas mujeres cuyo nombre apareciera en ellos, por deferencia o quizá sólo por un oscuro sentido del deber, y que habrá quemado el resto de las fotografías; fotografías, dirá la mujer, repitiendo lo que la sobrina del señor Brass le habrá dicho, que eran, en ciertos casos, pornográficas, que lastimaban la memoria que ella tenía de su tío y que hubieran hecho daño a aquellas jóvenes, ya convertidas en madres y quizá en abuelas, y que por eso la sobrina del señor Brass las habrá destruido. La mujer te dirá que ya no puede decirte más. Tú te quedarás un instante mirando el jardín posterior de la casa; si fueras a esforzarte, reconocerías el manzano bajo el cual tu madre se ha hecho fotografiar, fumando, pero no podrás hacerlo porque en tu cabeza se agolpará la imaginación de las fotografías que ya no podrás ver porque la sobrina del señor Brass las ha destruido, fotografías en las que tu madre hace cosas que tú jamás sospechaste que hiciera, cosas que te producen un vahído, que desbaratan todo lo que creías que era de una forma y resultará de otra. Saldrás del jardín tras despedirte de la mujer, que se habrá olvidado de ti mucho antes de que tú cruces la puerta baja por la que tantas veces tu madre ha salido, en una vida anterior que tú habrás desconocido durante años y que ahora, sin conocer, quizá imaginarás;

nada que se pueda publicar en una revista. Subirás aún unos metros y te sentarás en el parque donde tu madre solía ir a leer antes de los exámenes, según apuntará al pie de una de las fotografías del álbum. Una pareja paseará a un niño mientras que otro, ya mayor, correrá detrás de un perro. Quizá abras una vez más el álbum y encuentres una fotografía en la que no habrás reparado antes. En ella, tu madre estará de espaldas, mirando el paisaje desde una elevación de ese mismo parque en el que te encontrarás, su espalda curvándose ligeramente hacia adelante como si se sintiera atraída por el paisaje, como si el paisaje fuera el futuro y estuviera a punto de devorarla y ella lo supiera y se lanzara hacia adelante. Entonces la recordarás como la viste una vez cuando eras niño, durante una tormenta de nieve que se había desatado mientras ibais camino del colegio; recordarás la nieve, que caía densa como un bloque de cemento sobre vosotros, en ráfagas que te hacían tambalear sobre tus pies como si estuvieras borracho, y recordarás que en un momento, al doblar una esquina, tu madre desapareció entre la nieve y, de repente, en el espacio que había entre tú y ella, que caminaba un par de pasos delante de ti, sólo había una pared blanca que parecía hecha del más sólido hielo; gritaste a tu madre para que se detuviera, pero tu madre no respondió y tú pensaste que se había olvidado de ti y estuviste a punto de llorar, o quizá lloraste, ya no lo recordarás, pero sí recordarás que en un momento la pared blanca que te rodeaba se abrió y tú viste la mano de tu madre que te agarraba y te levantaba en vilo y comenzaba a tirar de ti a través de la tormenta sin mirar atrás, mientras tus ojos no veían más que su espalda, que se curvaba hacia adelante como en la fotografía para protegerte de la nieve, y recordarás que en aquel momento pensaste que tu madre y tú teníais un arreglo y que ese arreglo consistía en que ninguno dejaría morir al otro mientras viviera, no importaba qué sucediera, y te sentiste dichoso como pocas veces te habías sentido durante tu infancia. Mientras mires pasar a una mujer que hubiera podido ser tu madre, caminando con una mujer más joven bajo el sol, pensarás que aún puedes buscar al tal Manfred Block en Bremen, que puedes arreglártelas para hallar a la sobrina del señor Brass o incluso a la «joven profesora Frauke» que mostraba una de las fotografías, y comprenderás que tu madre habrá conservado aquel álbum que le fuera devuelto varios años antes de su muerte para que tú iniciaras un viaje en la búsqueda de una parte de quien ella había sido realmente, y pensarás en tu madre como ella misma pensaba acerca de sí misma en sus últimos años, alguien mirando un paisaje, su espalda curvándose ligeramente hacia adelante como si se sintiera atraída por el paisaje, como si el paisaje fuera el futuro y estuviera a punto de devorarla y ella lo supiera y se lanzara hacia adelante, hacia un tiempo que no presenciará pero en el que tampoco te soltará de la mano, porque entonces tú y yo estaremos juntos de nuevo, unidos en algo que se parecerá a la compasión, al arrepentimiento, que nada soluciona, y a la memoria.

EL ESTATUTO PARTICULAR

Ellos viven en el barrio de Altona, un sitio para bohemios y artistas en Hamburgo; desde su piso se ve la aguja del edificio donde ella trabaja haciendo estadísticas. Él trabaja en la casa. Si le preguntan qué hace, él dice que es asesor creativo externo de una agencia de publicidad. Él pronuncia las tres palabras lentamente, «a-se-sor cre-a-ti-vo ex-ter-no», para que sus interlocutores tengan tiempo suficiente para hacerse una idea de su trabajo, aunque él mismo no sabe en qué consiste. En ocasiones lo llama alguien de la agencia y le pregunta cosas como: «¿Qué se te ocurre si te digo "chocolate"?». «Negro», contesta él, y el otro dice «Hmm» y cuelga. Nunca le dan tiempo para pensar alguna otra cosa y él supone que esta vez lo despedirán, pero los cheques siguen llegando y a veces se encuentra con algún anuncio en la televisión o algún cartel en la calle que es producto de alguna de esas llamadas telefónicas. Esto le parece deprimente. En ocasiones también le envían textos o páginas pornográficas sin imágenes para traducir al alemán. «Mach mir einen Blasen, du Nutte!» o «Was für einen geilen Arsch!», pone bajo las fotografías. Esto no es deprimente sino aburrido.

Si le preguntan qué hace él, ella dice que él está en una fase de «reorientación laboral» provocada por «la muerte de la novela y el estatuto particular del cuento, dado periódicamente por muerto por la crítica y, sin embargo, de alguna forma, aún vivo», algo que ella ha leído en el dominical de un periódico, en la columna de un crítico literario que suele aparecer en la televisión. Él ha publicado tres novelas y dos volúmenes de relatos pero de eso hace demasiado tiempo. Ella suele traer al salón los libros de él cuando esperan visitas para poder mostrarlos a los invitados y regalárselos si éstos muestran algún tipo de interés en ellos. Si él la descubre antes de que los invitados lleguen, se apresura a esconder los libros en la habitación que alguna vez le sirvió de estudio, donde hay decenas de cajas con ejemplares que la editorial le ha regalado un tiempo atrás para ahorrarse el trabajo de guillotinarlos. Ella piensa que él necesita sentirse orgulloso de su trabajo pese a la muerte de la novela y al estatuto particular del cuento, pero desde hace varios años él ya no piensa en esas cosas.

«¿Qué le sucede?», se pregunta ella a veces. Ella piensa que él es como un edificio de oficinas en el que las luces se apagan lentamente, de una en una, cuando los empleados se retiran, y luego viene el casero y apaga las que quedan y tal vez sólo quedan las de los pasillos, encendidas como las de una pista de aterrizaje poco antes de un accidente. Ella piensa que él necesitaría otro trabajo y otro corte de cabello, que deberían irse de viaje o leer más. Ella le compra un libro de Fiódor Dostoievski que él nunca lee. Él es parte del cuarenta y uno por ciento de la población alemana que no ha leído ni un solo libro en los últimos tres meses, piensa ella. Ella piensa que tiene que pensar en algo.

Un tiempo después inventa un juego que comienzan a jugar de inmediato. Sus reglas son relativamente simples, pero lo son porque su materia no lo es. El juego consiste en que varias veces al año ella y él viajan a alguna ciudad, en lo posible grande y turística; contra lo que es habitual, viajan por separado y no se alojan en el mismo hotel. No deben llevar teléfonos móviles ni guías turísticas y su conocimiento de las ciudades que visitan no debe ser demasiado específico, quizá dos o tres monumentos que se ponen de acuerdo de antemano para no visitar. Ninguno de ellos debe saber dónde se alojará el otro ni qué sitios visitará. Sin embargo deben encontrarse y regresar juntos.

Naturalmente, las posibilidades de que eso suceda son ínfimas, y la verdad es que ella ya ha elaborado unas estadísticas muy buenas y bastante descorazonadoras sobre el asunto, pero la dificultad es el principal aliciente para jugar el juego y, además, en última instancia, siempre acaban encontrándose.

Ella es la que suele descubrirlo primero, con su cabeza rubia sobresaliendo un poco por encima de las del resto de los que caminan por una calle comercial o esperan el metro o hacen cualquier otra cosa en cualquier otro sitio. Esto sucede casi siempre así, de la misma forma, casi todas las veces. Ella se acerca a él y lo toca en el brazo y él, un poco sorprendido y quizá también aliviado, se da la vuelta y la ve; luego se van a algún sitio y allí ambos cuentan todo lo que han hecho y ella toma notas que luego vuelca en un cuaderno cuando regresa al piso de Hamburgo. Con esas notas elabora unas estadísticas muy complejas cuyas variables son el tamaño de la ciudad visitada, su población, su importancia como destino turístico evaluada en cantidad de visitantes anuales, disponibilidad hotelera y participación del turismo en la economía local, la duración de la estancia, las condiciones climáticas durante la misma, la cantidad de sitios visitados, la cantidad aproximada de kilómetros recorridos por cada uno de ellos en sus itinerarios, el medio de transporte utilizado principalmente durante la visita y otras variables. Ella suele comentarle los resultados a él pero él pierde rápidamente el interés en ellos.

Éstos son los lugares donde se encuentran el primer año en que juegan el juego: la Goldgasse de Praga, tras cuatro días; el bar Iberia junto a la estación de metro de San Bernardo, en Madrid, al quinto día de estancia; el guardarropas de la Neue Pinakothek de Munich, el segundo día, y la recepción del hotel

Astória de Coimbra, a los cuarenta minutos de arribar: por un error se han alojado en el mismo sitio.

Más tarde, cuando él vuelve a aburrirse y ella piensa que necesitan recuperar la expectación y la angustia y el alivio, se ponen de acuerdo en visitar Berlín. Ella se marcha por la mañana con el tren de alta velocidad y él vuela por la tarde. En el vuelo, él se pregunta cuál es el sentido del juego, y piensa que éste no consiste en probar la buena suerte de ambos, como había creído al principio. Él sabe que ella sabe que la suerte nunca es tan buena o suficiente y que tiene un montón de estadísticas para demostrarlo, y durante el vuelo vuelve a pensar en ello y después de un rato comprende que el sentido del juego no está en probar su suerte sino el conocimiento que cada uno tiene del otro, puesto que de él depende realmente que vuelvan a encontrarse, de la capacidad basada en el conocimiento que cada uno de ellos tiene para inferir qué sitios preferirá visitar el otro, a cuáles irá y a cuáles no y cuándo, y de la determinación y el deseo de ambos de encontrar al otro. Él piensa que ella piensa que el sentido del juego es encontrarse, y que hacerlo es un buen signo porque ratifica la idea de que las afinidades que comparten pueden más que las probabilidades de que eso no suceda. Quizá, piensa él, el juego es algo así como una miniatura de la forma en que ella concibe el amor, como una especie de estadística que ha salido mal.

Él se aloja en un hotel cerca de la estación Prenzlauer Allee del metro; desde su habitación se ven el Planetarium y el Ernst-Thälmann Park.

Ella se aloja en un hotel de Berlin-Mitte; desde su habitación ve un Starbucks y una tienda de recuerdos con un oso enorme en la entrada de cuya cavidad en la barriga saca helados de nata un empleado con una camiseta con el eslogan del periódico más amarillo del país: «Toda verdad necesita un valiente que la diga»; por alguna razón, la camiseta también es amarilla.

Ella baja al Starbucks y pide un café y una galleta. «¿Quiere el café *extra-large*?», le pregunta la empleada. «No», contesta ella. «¿Quiere la galleta *extra-large*?», le pregunta la empleada. «No», contesta ella. «¿Quiere algo más?», le pregunta. «Sí, un vaso de agua del grifo, por favor», dice ella. «¿Quiere el agua del grifo *extra-large*?», le pregunta la empleada.

Ella baja por la Tucholsky Strasse, atraviesa el río Spree y echa una mirada a las personas que se reúnen en las puertas de las tiendas de comida rápida de la estación de metro de Friedrichstrasse. Luego dobla en la siguiente calle a la izquierda y llega frente al Museo de Pérgamo; compra una entrada y lo busca entre los visitantes que contemplan el altar del templo de Pérgamo y la puerta de Astarté de Babilonia, pero no lo encuentra. Una voz grabada anuncia por los altoparlantes que el museo se cerrará en algunos minutos y ella sale y camina hasta el Berliner Dom, la catedral de la ciudad; piensa que, si se hubiera quedado junto a las puertas del museo mientras los visitantes salían podría haber constatado que él no estaba allí, pero se sorprende pensando que quizá no quiera encontrarlo tan rápido. Entonces recuerda algo que él ha dicho un día, quizá después de la primera vez que jugaran el juego, o la segunda: que el día que no se encuentren todo habrá terminado para los dos, que cada uno regresará por su cuenta al piso de Altona para recoger sus cosas y perderse de vista. Ella se da cuenta de que va a llorar porque siente que se inunda por dentro, con el agua cayéndole por la nariz y nublándole los ojos, pero se contiene y regresa al Deutsches Historisches Museum porque ha leído que allí hay una exhibición dedicada a la literatura alemana posterior a 1945 y piensa que a él puede interesarle; al comenzar a pasearse por las pilas de memorabilia y basura acumuladas en las paredes y en los rincones –de otra forma, ¿cómo hacer materia de exhibición una actividad que carece de materialidad y va hacia la nada?– ella se da cuenta de que la mayor parte de los escritores de la exhibición están calvos y se han metido en uno o dos problemas a lo largo de su vida. Una vez escuchó que él decía que, si se quita a todos los que fueron nacionalsocialistas, en la literatura alemana del siglo XX quedan dos escritores, y los dos son malos, pero ella no está segura de que esto sea verdad porque ella no sabe de libros, aunque recuerda que en una encuesta el cincuenta y cinco por ciento de los interrogados sostuvo que la razón principal para sentirse orgullosos de ser alemanes era la literatura nacional; claro que el sesenta y tres por ciento pensaba que esa razón era la calidad de los productos alemanes, lo que –visto desde cierto punto de vista, piensa– lleva a considerar que la población alemana está más satisfecha con sus hornos de microondas que con sus escritores.

Ella recorre rápidamente la exhibición, que de todas formas está prácticamente vacía, y sale a la calle Unter den Linden; aunque se han puesto de acuerdo de antemano para no visitarla, pasea hasta la Puerta de Brandenburgo y se detiene a mirar a los grupos de turistas que se apiñan a su alrededor, ya sin buscarlo a él. Uno de esos grupos observa una pantomima y ella se les une. Se trata de dos mimos. El primero, vestido a la manera de un oficial nazi, azota al segundo, que lleva unos harapos a los que va cosida una estrella de David; cuando el primero lo azota, el segundo suele tirar hacia abajo de la barba postiza que lleva y eso hace reír a los espectadores; a continuación, se refugia detrás de unas cajas y regresa vestido como un oficial del ejército estadounidense y trayendo en sus brazos una gran bomba que finge meter al mimo nacionalsocialista por el culo; cada vez que eso sucede, el nazi hace el «Sieg Heil», el saludo nacionalsocialista; después de un rato, el mimo que interpreta al oficial norteamericano suelta la bomba y acaricia en la cabeza al nazi, al que regala un puñado de dólares antes de marcharse tras las cajas; el mimo nazi se pone de pie, primero atemorizado y luego con más resolución; se quita los símbolos nacionalsocialistas de la indumentaria y comienza a fumar un habano hasta que ve al segundo mimo, que regresa de detrás de las cajas disfrazado de negro; el antiguo mimo nazi empieza a pegarle como hiciera con el judío y el público aplaude. Ella se pregunta si la pantomima es antinazi y crítica con la forma en que la historia alemana a menudo parece repetirse o si su mensaje es otro. Está a punto de marcharse cuando el mimo nazi se le acerca y le pregunta en inglés: «¿Qué das al artista alemán?». Ella suelta una moneda, que el mimo nazi mira un momento y luego se guarda en el bolsillo. «Supongo que no te ha gustado», dice y se da la vuelta. Ella piensa que pensaba que los mimos no hablan, pero en ese momento no recuerda si los que no hablan son los mimos o los clowns.

Él comienza a buscarla a la mañana siguiente: primero entra en el Jüdisches Museum, el ciertamente impresionante museo judío diseñado por el arquitecto Daniel Libeskind, que ha visitado ya con ella poco después de su inauguración; pero ella, que es una amante de la arquitectura contemporánea, no está allí, y él continúa por la E.T. A. Hoffmann-Promenade y luego por Friedrichstrasse y la Leipziger Strasse hasta Postdamer Platz. Él ve: un grupo de hare krishnas que entran al Sony Center, un joven sentado en el McDonald's que come una hamburguesa y le da patatas en la boca a una anciana en silla de ruedas, una pareja de chinos o japoneses que le piden con señas que les haga una fotografía; el chino o japonés le hace entender por señas que quiere que en ella salgan su mujer y él recortados sobre el fondo de la cúpula iluminada, pero luego le señala también la fuente, la fachada del cine en tres dimensiones y el McDonald's. Él no sabe cómo hacer la fotografía que el chino o japonés le pide y, por eso, les hace un retrato en el que sólo se ven sus rostros, sonrientes o tal vez sólo expectantes; cuando ha terminado, entrega la cámara al chino o japonés que mira por un momento en la pantalla del aparato y luego borra la fotografía y camina hasta un grupo de adolescentes inglesas, a las que les pide que le hagan otra; les hace las mismas señas y, cuando las inglesas le devuelven la cámara, borra la fotografía y se dirige a otra persona.

Él deja Postdamer Platz y camina hasta el edificio de la Philharmonie, pero el edificio está cerrado, y se queda un momento mirando a una mujer que lo fotografía y que resulta no ser ella. Después cruza el parque Tiergarten por la Entlastungsstrasse, visita la nueva cancillería y come una salchicha asada excepcionalmente cara en un puesto frente a ella, en la Platz der Republik, antes de reunirse con los que hacen la cola para visitar el parlamento o Reichstag y subir a la cúpula de Norman Foster, desde la que se ve todo Berlín; a él, la cúpula siempre le da mareos, pero ella es fanática de Foster y no es improbable que quiera visitarla de nuevo esta vez. «Ella sabe cuántas toneladas de vidrio han usado en ella, cuántos días han tardado, cosas así», piensa él.

Mientras ocupa su lugar en la cola, un anciano que parece surgir de ninguna parte se dirige a él y le dice: «No soy de ninguna secta, sólo vengo a decirle que Jesucristo regresará a la tierra». Él no cree haber entendido bien y le pide que le repita lo que ha dicho, pero el anciano sigue: «¿Está preparado para cuando Él llegue? ¿Cuándo ha sido la última vez que ha hablado con ¡Dios!?», le grita, acercando su boca desdentada a la suya. «Ésa es una buena pregunta», piensa él, pero, antes de que pueda responder, el anciano le pone un papel en la mano y se gira, dándole la espalda, y se marcha en dirección a la cancillería; lleva los pies envueltos en bolsas de plástico, observa él. En el papel dice: «Iglesia de los últimos santos de los últimos perdidos y desesperados sobre la tierra».

Ella lo busca durante ese día y el día siguiente y el otro. Entonces lo busca un par de días más. Nunca se había extendido tanto el juego y ambos, piensa ella, tienen razones para preocuparse. Ella lo busca en el Martin-Gropius-Bau, en cuyas salas hay una exhibición sobre el *limes* romano en Alemania;

en la estación de metro de Pankow; en la sala de exposiciones de la Haus der Kulturen der Welt; en el parque Viktoriapark del barrio de Kreuzberg; en las salas del Filmmuseum de Postdamer Platz; en la biblioteca central, la Staatsbibliothek; incluso dos veces en el Reichstag. Él la busca en una exhibición de pintores aborígenes australianos en la Neue Pinakothek que le provoca dolor de cabeza; en el Museo de Pérgamo, tres días después de que ella lo visitara; en el Kulturforum de Kemperplatz; en el centro comercial Europa-Center; en el aeropuerto Berlin-Tempelhof; en un café de moda en Kreuzberg; aún más, en el Olympiastadion.

Un día, ella llama a la agencia de publicidad donde él trabaja para saber si tienen alguna noticia de él. «No, lo siento», le dice alguien en el teléfono, y agrega: «¿Qué se le ocurre si le digo "infancia"?». «Mierda, pañales, el león bizco, el enano ese que grita que viene el avión», responde ella, y el otro dice «Hmm» y cuelga.

Una noche, la sexta o séptima desde que llegó a Berlín, a él no le apetece comer en el restaurante del hotel y sale a caminar por el parque. Un poco más atrás del planetario, en un banco paralelo a la Diesterweg Strasse pero oculto por setos de la altura de un hombre, ve a varios cabezas rapadas conversando y bebiendo. Uno de ellos está quitando el barro de sus botas con un cuchillo, pero se incorpora cuando otro que lleva una chaqueta de bombardero le hace una seña. Mientras pasa fingiendo no haberlos visto, siente las miradas de los cuatro o cinco cabezas rapadas clavadas en él y luego, ya a sus espaldas, el ruido de sus pisadas sobre la gravilla. Echa a correr pero los otros son más, son más jóvenes y están en un mejor estado físico; cuando lo alcanzan, empiezan a golpearlo en la cara y en el estómago y en la cabeza. Es como caer dentro de un lavarropas, piensa él, y sólo atina a balbucear: «¡Soy alemán! ¡Soy alemán!»; cuando sienten que ya han terminado, uno de los cabezas rapadas mete la mano en sus bolsillos y saca la cartera, la mira un momento y le dice al de la chaqueta de bombardero: «¡Mierda, éste es alemán!». Se quedan un momento mirándolo y luego lo ayudan a incorporarse y el de la chaqueta de bombardero le explica, casi con dulzura y disculpándose: «¿Sabes qué pasa? Es que eso es lo que dicen siempre todos».

Él comienza a caminar de regreso al hotel con dificultad y se pregunta si tiene algún hueso roto; una vez se rompió el brazo de niño y sabe que, si tiene algo roto, acabará enterándose. Mientras camina, se dice que estas cosas pasan en todos los sitios y más o menos a todas las personas; anota mentalmente preguntarle a ella cuando la encuentre cuáles son las cifras de violencia de extrema derecha en el este de Berlín. En el restaurante del hotel, pide un caldo y después sube a su habitación y se echa sobre la cama con la ropa puesta. Se dice: «Voy a llorar ahora», pero ese pensamiento basta para que no pueda hacerlo y se queda dormido.

Ella camina rápidamente, sorteando a las personas que se ponen en su camino y corriendo detrás de algo que sabe que es mullido y caliente como un bebé gordo y enfermo y que no sabe cómo llamar porque nunca lo ha visto anunciado en televisión. Mientras piensa en esto, la gente se echa a los costados cuando la ve pasar. Según estadísticas, piensa ella, los paseantes de Dresde y Hannover recorren 1,49 metros por minuto, mientras que los de Hamburgo, Munich y Jena, 1,47 metros. Los de Berlín son aún más lentos, y en ocasiones la miran horrorizados cuando ella se lanza como un bólido cuando el semáforo se pone en verde, como si ella fuera un tornado o la muerte roja o el ratón mexicano de los dibujos animados.

Mientras toma una sopa de pescado en un restaurante de la Spandauer Damm, frente al palacio Charlottenburg, ella piensa en regresar al piso de Altona sin haberlo encontrado. Se imagina a sí misma entrando y viéndolo echado en el sofá, mirando una revista de viajes con expresión angustiada; quedándose con la boca abierta como si fuera a decir «orejas» u «homínidos»; a ella, sentada en el wáter mirándose las chanclas verdes y preguntándose si desarma el equipaje o si sólo completa la maleta con lo que considere más importante y se escurre fuera del piso para siempre. Ella imagina que si el pescado de su sopa tuviera cabeza se levantaría y la cabeza la besaría con labios de pescado para consolarla, o le daría consejos, como en las novelas colombianas que él solía leer, pero el pescado flota sin cabeza en la sopa y ella piensa que esto no es una novela colombiana; piensa que todos perdemos la cabeza y que eso no pasa más de una vez en la vida, y pide la cuenta.

Ella piensa en la felicidad y se dice que es como lo que se siente al ponerse un suéter nuevo, y luego piensa que para ella es su piso en Altona y él dentro de él haciendo lo que hacía antes: escribiendo y comiéndose una manzana y poniendo cara de espanto cuando ella le hablaba de su trabajo. Ella es parte del sesenta y seis por ciento de la población alemana que tiene una pareja estable y del cincuenta y tres por ciento que puede imaginarse envejeciendo a su lado. Ella piensa en eso y luego piensa que el juego no tiene nombre y que quizá el juego debiera llamarse el juego de las pérdidas. Entonces llora y cuando acaba se dice que no pasa nada, que llorar no es nada del otro mundo. «Las mujeres lloran un promedio de 5,3 veces por mes; los hombres, 1,4», se dice, y agrega: «Un hombre alemán tiene un promedio de diecinueve calzoncillos, cuatro de cada cinco alemanes utiliza el papel higiénico cuidadosamente doblado, uno de cada cinco controla su peso diariamente, son sólo números». Luego entra a una librería y pregunta a una dependienta que usa zapatos ortopédicos por un libro para una mujer que ha perdido a su marido y la dependienta le entrega uno que se llama: *La mujer del viajero por el tiempo*. Ella lo hojea y después se lo devuelve a la dependienta y le pregunta si tiene el libro de la mujer del viajero por Berlín y sale corriendo. Esa noche regresa al piso de Altona.

Él se pasa un día completo echado en la cama tratando de contar cuántas veces se afeita por año; cuenta primero cuántas veces lo hace por semana y luego multiplica esa cifra por cuatro y luego por doce pero siempre se queda dormido o se pierde antes de obtener la suma final. Se dice que se levantará y tomará el siguiente tren a Altona y que allí la esperará, si es que ella no ha regresado ya, y que ambos tratarán de olvidar lo que ha sucedido, todo lo que ha sucedido. Él imagina que ella le dirá cuando lo vea: «¡Perdóname por todo lo que me has hecho!» y que él le responderá, con crueldad fingida, como el malvado de un espectáculo de títeres: «¡No te perdono!».

Él piensa de nuevo en el juego y piensa que no tiene nombre y carece de instrucciones. Mira el bloc de notas con el nombre del hotel junto a la cama y entonces piensa que debería escribirlas pero no para otros, ya que sólo ellos dos juegan el juego, sino para él mismo, para que él mismo aprenda a jugar el juego de nuevo. Entonces coge el bloc de notas y el bolígrafo a su lado y, por fin, escribe:

1. Deja de escribir. Piensa en la muerte de la novela y el estatuto particular del cuento. Lee a críticos franceses con nombres con muchas erres o mejor no leas nada en absoluto.
2. Murmura «Dios mío» cada vez que ella te diga algo.
3. Déjate la camiseta puesta más de una semana cada vez.
4. Dile: «No lo entenderías» cuando ella te pregunte por qué ya no escribes.
5. Simula fastidio cuando te hable de otros escritores; dile que A es una fulana y B, maricón, que C sólo ganó ese premio porque se acostó con los jurados y que D escribe con el culo. Pon cara de que sabes de qué hablas. Finge que te sientes mejor con eso.
6. Pregúntale si sabe quién es Laurence Sterne. Déjale claro que «todo el mundo» sabe quién es Laurence Sterne.
7. Dedícate a pensar venganzas contra antiguos editores tuyos y críticos. Monta una editorial fantasma, contrata a gente, sacán-

dola de sus puestos en otras editoriales mucho más importantes prometiéndoles todo lo que te pidan, y luego desaparece dejándolos tirados. O monta una editorial, corrompe a todos los críticos para escribir reseñas elogiosas de los libros que publicas y luego, un par de años después, cuéntalo mencionando todos los nombres. O monta una editorial en la que publiques libros de autores conocidos que acepten publicar con pseudónimo para que la recepción crítica de su obra, que por fuerza será negativa, pueda ser impugnada cuando hagas público el verdadero nombre del autor. O soborna a algún escritor famoso pero necesitado de dinero para que un libro de otro se publique con su nombre y luego, tras las críticas, que por fuerza serán positivas, cuéntalo. No descartes la violencia física contra ellos aunque peses cincuenta y cinco kilos.

8. Desaparece, piérdete completamente de vista. Que no te reconozcan ni tu perro ni tu puta madre.

9. Viaja a una ciudad cualquiera. Mira lo que pasa por allí. Déjate pegar por cabezas rapadas. Siéntete una mierda.

10. Escribe de nuevo, esta vez haciéndolo simple y rápido, como las estadísticas. No pienses, o piensa en un final de ésos, con una carretera hasta el horizonte y el sol cayendo en él y el muchachito volviendo a casa. Sobre todo no pienses en la muerte de la novela y el estatuto particular del cuento. De ésos, ni una palabra.

UN CUERVO SOBRE LA NIEVE

Ese invierno la ciudad se había llenado de cuervos. Solían encontrarse sobre todo en los parques, donde podía vérselos en pequeñas bandadas de tres o cuatro ejemplares que lo observaban todo con una mirada aviesa. Si descubrían sobre la nieve algo brillante, un trozo de papel o un envoltorio, saltaban sobre ello y lo capturaban con el pico para luego escupirlo con un gesto de desdén. En ocasiones un cuervo se lo disputaba a otro, y, de ese modo, la perplejidad y la decepción por el hallazgo eran compartidas. Se distanciaban entonces un par de pasos, unidos aún de alguna manera por el fracaso, y volvían a intentarlo, dando pequeños saltos que eran, a la vez, ridículos y amenazadores.

Él comenzó a obsesionarse con los cuervos tan pronto como los descubrió en el campus de la universidad donde estudiaba. En la ciudad se discutían las posibles razones por las que los cuervos –que solían aparecer durante el verano– se habían adelantado tanto, y él empezó a tomar parte en las discusiones, la mayor parte de las veces como un oyente sólo aparentemente desinteresado, fingiendo disfrutar su cerveza mientras escuchaba a los polemistas en la mesa contigua en un bar o haciendo como si evaluara la calidad de unos lápices en una tienda para escuchar las conversaciones de las dependientas, pero a veces también tomando la palabra, como si él, que venía de una ciudad donde no había cuervos, de un país en el que los cuervos eran personajes fantásticos como el Simurg o el pájaro que contaba la historia del fin del mundo, tuviese algo que decir sobre ellos. Se acodaba sobre la mesa, como si esto le confiriese autoridad o fuera un requisito imprescindible para ser mejor comprendido, como los oradores insoportables que se aclaran la garganta todo el tiempo, y daba cuenta de los resultados de sus observaciones, que a menudo se limitaban a cosas que sus interlocutores ya sabían puesto que habían crecido en una ciudad donde había cuervos, pero que él, con la inocencia de quien lo desconoce todo sobre el lugar donde se encuentra –la inocencia del etnólogo que sólo puede comprender lo que nombra–, consideraba observaciones reveladoras e imprescindibles.

En las semanas siguientes a la llegada de los cuervos descuidó su trabajo y sus clases para dedicarle más tiempo a la observación. Se sentaba en un parque con un abrigo bajo el que llevaba todos los suéteres que tenía y tomaba notas mientras estudiaba los movimientos de los pájaros. En ocasiones, cuando alguno se acercaba demasiado, solía lanzar una patada al aire que, inevitablemente, asustaba al ave, que de un salto se alejaba un par de pasos para recomenzar el acecho después de un tiempo prudencial. Su cuaderno estaba lleno de notas pero las notas eran prácticamente ilegibles debido a que escribía con guantes, sin dejar de temblar. Por alguna razón, los cuervos nunca se subían a los árboles.

En ese tiempo conoció también a una mujer. Era la compañera de piso de un amigo y tuvo oportunidad de verla con frecuencia en esos días, a menudo sentada a la mesa del comedor de la casa que compartía con su amigo estudiando libros de medicina, cuyas ilustraciones le parecían los mapas de un país devastado. No podía creer que él tuviese eso dentro de sí; de alguna forma, había estado convencido de que su cuerpo era algo compacto, un montón de carne de color rosado que temblaba cuando tenía frío, soltaba olores o se estremecía de indignación cuando él recordaba cosas, cuando algo del país que había dejado regresaba a su memoria. Una vez le dijo a ella que él no creía que tuviese eso, que, para él, el estómago o los pulmones eran inventos. Ella lo miró y le preguntó qué creía que él tenía, y él respondió que imaginaba que tenía sólo carne, carne por todas partes y en algún sitio un órgano que era el órgano de la memoria, y, agregó, si pudiese quitárselo, si hubiese una operación que apartase de un paciente su memoria pero no para destruirla sino para conservarla como recuerdo y enseñanza para otros, él se entregaría gustoso a ella, a condición de que su memoria fuera conservada en un sitio al que él pudiese acceder una o dos veces al año para recordar todo lo que le había sucedido y ratificarse así en la convicción de que todo lo que pasase de allí en adelante sólo podría ser mejor que lo acontecido en el pasado.

Después de aquella conversación, ella pareció ceder en sus reservas hacia él y comenzó a tolerar que cuando él estaba en la casa se asomara sobre su hombro para echar una mirada a lo que ella estudiaba y luego se alejase con un silbido de incredulidad. Esa incredulidad común –él no creía en lo que ella estudiaba, y ella no podía creer en su desconfianza– era lo que tendía un puente entre ellos y justificaba sus inspecciones sobre el hombro, suponía él, aunque también era factible que el vínculo fuera de otro tipo, porque con el tiempo él comenzó a mirar cada vez menos las láminas, a observarlas sólo un instante para luego detenerse en los cabellos de ella, tan rizados que no parecían cabellos sino corales del lecho de un mar oscuro, en las curvas de sus orejas, en el color de su piel. Esas cosas sucedían todo el tiempo.

Un par de veces cenaron juntos en compañía del amigo de él, que lo ignoraba todo sobre lo que estaba sucediendo. Él intentó en ambas ocasiones interesarlos acerca de los cuervos, pero ni su amigo ni su compañera de piso parecían cautivados por el tema. Ella sólo mencionó, quizá únicamente para mostrarse cortés y no dejar caer la conversación en el silencio, que en su país no había cuervos y que ella, que sólo los conocía a través de fotografías, había creído antes de su llegada que no eran más grandes que los pájaros normales y al verlos por primera vez, a la distancia, en un parque, había pensado que eran gallinas que se habían escapado del corral de alguien. «Nadie tiene corrales en su casa en este país», aclaró el amigo. «No me extrañaría que un día se roben a un niño», agregó él; sus interlocutores creyeron que se trataba de una broma y se rieron. Sólo él permaneció serio, preguntándose por qué los otros no eran capaces de comprender la amenaza que se cernía sobre la ciudad, por qué no entendían que los cuervos se habían instalado para no marcharse jamás, que lo vigilaban todo, que cerraban un pasado sin cuervos para constituirse en algo que desde el principio de los tiempos era inevitable y debía estar escrito en alguna parte, una convivencia forzada que mostraba la impotencia de los esfuerzos humanos por elevarse sobre la naturaleza.

Sucedió una cosa más. Un par de días después, al verlo curiosear sobre su hombro, ella apartó sus libros y lo invitó a tomar el té en el jardín de invierno de la casa. Mientras la miraba verter el agua en la tetera blanca, que manipulaba con precisión con unas manos pequeñas pero fuertes, él se preguntó si podría mencionar nuevamente el tema de los cuervos. En la calle frente a la casa, un auto pasó lentamente y dos cuervos que había allí se apartaron con displicencia. En la única pared de la habitación en la que no había cristales había colgado un cartel de un filme infantil sobre fantasmas. Él le preguntó si ella no creía que, considerando que los fantasmas de los blancos son blancos, los fantasmas de los negros deberían ser negros. Ella se sentó a su lado y le respondió, con total seriedad, que estaba convencida de ello. «Bueno –bromeó él mientras ella vertía el té en las tazas–, si es así son fantasmas inofensivos, ya que en la noche nadie puede ver un fantasma negro», pero ella le aclaró, sin atisbo de una sonrisa, que los fantasmas de los negros sólo aparecen de día. Entonces le contó que cuando aún era una adolescente había sido casada por su familia con un hombre rico de su pueblo. No odiaba a su marido por haberla comprado con regalos a su familia, le aclaró, pero tampoco lo quería por ello, dijo. Un día el marido se fue al mar a pescar y la dejó a cargo de la casa. El mar estaba a un par de horas de automóvil del pueblo, de modo que se marchó por la mañana y regresó por la noche con algo de pescado para asar, una botella de aguardiente medio vacía y otra que había vaciado en la playa cuando se echaba exhausto sobre la arena después de nadar, esperando que los peces mordieran el anzuelo. En la segunda botella había agua de mar. El marido estaba de buen humor, y esa noche comieron el pescado y bebieron lo que quedaba de aguardiente y luego se fueron a la cama. El marido tuvo un sueño intranquilo al principio de la noche, en el que murmuraba palabras a las que ella no prestaba atención, pero luego acabó quedándose quieto. Por la mañana, cuando regresó del mercado, ella encontró que el marido no había despertado todavía, se acercó a la cama y lo encontró muerto. Ella contó que en su país las viudas recientes deben sentarse en el suelo tras el funeral y no levantarse de allí durante tres días. Él le preguntó por qué, y ella contestó que esto es para calentar con su cuerpo la tierra que acogerá a su hombre. Sus familiares deben entonces alimentarlas, limpiarlas y consolarlas, y se turna para ello, pero el primer día, en un momento en que ella se encontraba sola, el fantasma de su marido se le apareció y le contó que la noche de su muerte había escuchado la voz de una mujer que le pedía que la liberara. Él no sabía quién era esa mujer ni a qué se refería, pero entendía que no encontraría paz en el otro mundo hasta que la hubiese liberado, quienquiera que fuese. El fantasma era negro y se estremecía, como si el otro mundo fuera un páramo de hielo. Al segundo día, el fantasma apareció de nuevo y le dijo que aún no sabía quién era esa mujer a la que él había capturado. Al tercer día apareció de nuevo y dijo que ya sabía quién era, y contó que era una sirena que por error, porque la sirena era aún joven y no conocía de las acechanzas de los hombres, había caído dentro de la botella que él había traído con agua del mar y que era necesario que ella la liberase para que él pudiera descansar. La piel del fantasma estaba más negra de lo que había sido en vida, como si en el otro mundo un sol calcinante cayese de plomo sobre los muertos. Ella se preguntó qué debía hacer. Por un momento pensó que debía coger la botella y romperla contra unas rocas hasta que de ella sólo quedasen vidrios tan pequeños que hicieran imposible la paz del marido, pero el marido no había sido tan malo después de todo. Al cuarto día, cuando pudo levantarse del suelo, tomó el autobús llevando la botella acunada entre los brazos como un niño cuyo sueño no quisiese perturbar, el niño que ella había deseado del marido para nunca más estar sola. El mar estaba embravecido cuando llegó; caminó hasta la orilla y, cuidándose de que las olas no la tocaran, vertió el contenido de la botella al agua. Luego arrojó la botella lejos y tomó el autobús de regreso al pueblo. Unos días después recogió cuanto tenía y, aprovechando el dinero que su marido le había dejado, se marchó a Alemania antes de que su familia la casase de nuevo.

Él le preguntó si el fantasma de su marido había vuelto a aparecérsele, y ella primero asintió con la cabeza y luego dijo que sí y agregó que sólo una sola vez y que esa vez ella le preguntó cómo era el otro mundo. El fantasma del marido pensó un momento y luego respondió que era como las espinas de un pescado. «Si miras al pescado no puedes imaginar que tenga espinas, pero si lo abres comprendes que sin las espinas no podría sostener su carne reunida; así es el otro mundo», le dijo.

Él se quedó mirándola cuando ella terminó de contar su historia. Afuera, los cuervos aún deambulaban en una pesquisa interminable pese a que el sol ya había caído. Ella le sonrió, pero él no entendió si esa sonrisa ratificaba el final feliz de la historia o era la sonrisa involuntaria de quien es descubierto tomándole el pelo a alguien. Ella entrecerró los ojos sin dejar de mirarlo y apoyó su mano sobre la de él, como un cuervo que, tras un corto vuelo, se dejase caer sobre la nieve.

UNA DE LAS ÚLTIMAS COSAS QUE ME DIJO MI PADRE

Una mañana de otoño, cuando se cumplían seis años de la muerte de mi madre, decidí llamar a mi padre para anunciarle que iría a verlo. Mi padre me dijo al teléfono que no iba a tomarse el trabajo de ir a recogerme a la estación de trenes. «Haz lo que quieras», le dije, pero él me respondió: «Nadie, ni siquiera Dios todopoderoso en el cielo, puede hacer lo que quiere. Todos, absolutamente todos, estamos condenados a hacer sólo lo que podemos», dijo. Yo colgué sin despedirme.

No había sido lo que podía llamarse una buena conversación, pero era la primera que mi padre y yo teníamos desde que yo me había marchado de su casa. Cuando eso pasó, mi madre lo obligó a poner el teléfono y él lo hizo instalar en la segunda planta, junto al dormitorio, con lo que mi madre tenía que subir las escaleras apresuradamente cada vez que el teléfono sonaba. No es improbable que mi padre lo hiciera así para disuadir a mi madre de hablar conmigo; cada vez que la llamaba, tenía que esperar varios minutos antes de que ella alcanzara el auricular. Mi padre no lo cogía aunque estuviera al lado, y todo el asunto me resultaba tan irritante que comencé a llamar con menos asiduidad, primero dos o tres veces por mes y luego sólo una, hasta que finalmente dejé de hacerlo. Sin embargo, puede que esas llamadas que yo hice hayan matado a mi madre. Mi madre fue desmoronándose lentamente ante la mirada de mi padre, que, supongo, asistía indiferente o complacido a sus esfuerzos por alcanzar el teléfono cada vez que yo llamaba, pero mi madre tenía cáncer en la cadera y apenas podía tenerse en pie; yo esperaba seis o siete minutos a que cogiera el teléfono mientras tiritaba en el interior de una cabina telefónica en Berlín o en Colonia o donde fuera y luego, finalmente, colgaba; claro que no sabía que mi madre estaba enferma. Mi padre ni siquiera se tomó el trabajo de coger el teléfono durante el tiempo que pasó en el hospital. Mi madre murió un jueves y yo me enteré el viernes de la siguiente semana, cuando unos vecinos me dejaron un mensaje en el teléfono de unos amigos diciendo que tenía que recoger algunas cosas de mi madre que mi padre había dejado allí. No es fácil cargar con eso, y aún suelo recordar a mi madre las tardes de invierno, cuando oscurece prematuramente a las cuatro de la tarde, porque era a esa hora cuando me gustaba hablar con ella, viendo a través de los vidrios de la cabina cómo la luz cambiaba, todo se ponía azul por un instante y luego, como si alguien hubiera simplemente accionado un interruptor, ya no había nada, sólo el reflejo de mi rostro en el vidrio. Mi madre tenía cabellos rojos y arrugas en los costados de la boca, y yo tengo el cabello rojo también. Es todo lo que ella me ha dejado.

Mi padre estaba esperándome en la puerta de la casa, fingiendo que trabajaba en un jardín al que era obvio que nadie le había dedicado ni un poco de atención en los últimos seis años.

Mi padre se parecía bastante a como yo lo recordaba, el hombre fornido, de rostro siempre congestionado, que se exhibía mostrando sus heridas de guerra por la casa y que en verano solía comer con el torso desnudo porque sabía que eso me irritaba; sobre el omóplato izquierdo tenía una cicatriz del tamaño de un lápiz que le había hecho un ruso durante la caída de Berlín. Yo había escuchado la historia decenas de veces, pero él, que no dejaba de tocarse la cicatriz mientras comía porque sabía que eso me repugnaba, solía contarla una y otra vez: el ruso le había hecho el tajo con un cuchillo al ver que mi padre, que permanecía en uno de esos agujeros en los que todos se metían durante aquellos días, se rendía. «Unos centímetros más arriba y yo estaría muerto», reía mi padre, pasándose un dedo por el cuello, lo que para él, evidentemente, era el colmo del refinamiento.

En cualquier caso, al verlo, pensé que mi padre parecía estar haciéndolo bastante mejor que yo; desde la muerte de mi madre las cosas se habían torcido para mí, sin que yo supiera muy bien por qué: primero había perdido el puesto de asistente que tenía en la universidad donde estudiaba, luego tuve que dejar los estudios para comenzar a trabajar como sereno y después perdí también ese trabajo y muchos otros posteriores. Me quedaban algunos amigos y en algún punto decidí que lo mejor era vivir con ellos. Entonces comencé a dormir en los sofás de todas las personas que conocía, siempre una noche o dos; al principio no era la falta de dinero lo que me llevaba a hacerlo, sino la sensación de irresponsabilidad que venía con ello, la impresión de que no tenía casa ni obligaciones, y no estaba mal, pero el problema de vivir así es que no puedes tener demasiadas cosas que te pertenezcan, con lo que tuve que desprenderme de casi todo, incluyendo los libros y la ropa. En ocasiones, cuando no podía dormir, me levantaba del sofá y miraba los libros de mis huéspedes –en esas casas, los sofás siempre solían estar junto a los libros, como si no fuera posible leer libros de pie o acostado– y luego pensaba que, aunque yo había leído alguna vez uno tras otro, sin darme pausa alguna, ya no podía siquiera echar una mirada a sus portadas. Muchas veces me levantaba del sofá e iba hasta donde estaban los libros y les pasaba el dedo por los lomos o cogía alguno y leía una línea o dos. Leía «Franz Biberkopf entra en febrero ahogando en alcohol su repugnancia del mundo y su fastidio», y cosas así, pero no llegaba a comprender su sentido; a mí, esos libros sólo me recordaban quién había querido ser y no había podido, y nunca robé ninguno porque sabía que si era descubierto perdería la posibilidad de volver a dormir en esa casa. Una camisa limpia siempre hacía mucho por conseguirte el próximo sofá, y yo solía tenerlas inmaculadas porque las lavaba a mano en el baño y luego las dejaba secar sobre la hierba del Tiergarten, donde iba a matar las horas del día antes de salir a buscar otro sofá donde dormir. Yo simplemente estaba de paso.

Mi padre me dijo «Hola» cuando me vio, y siguió cortando la hierba. Yo entré a la casa y me serví un vaso de agua del grifo. No parecía haber habido grandes cambios desde que me marchara, excepto que ahora todo parecía mucho más frágil. Mientras miraba las viejas sillas –nunca habíamos tenido más que cuatro– recordé una exposición que había visto en Berlín, cuando las cosas aún no se habían torcido. Se trataba de fotografías de un tipo que había retratado sitios donde antes había habido casas y ya no las había; en un televisor que había en un rincón, los antiguos habitantes de esas casas contaban cómo eran y qué cosas les habían sucedido en ellas y qué sensaciones relacionadas con esos sitios podían evocar. Muchos, en particular los ancianos, rompían a llorar al recordar sus antiguas casas; otros hacían bocetos que mostraban a la cámara para explicar dónde estaba cada habitación, pero los bocetos resultaban incomprensibles o demasiado pequeños para verlos con claridad. Una mujer contaba que en una de las casas había perdido un pendiente; miraba fijamente a la cámara y no volvía a hablar durante varios minutos; muchos años después, comprendí que ese pendiente era la pieza de un rompecabezas que había quedado hecho añicos. Si había un Dios, pensé entonces, era a él a quien había que reclamarle aquel pendiente, cuya pérdida había condenado a una mujer a la locura.

Yo nací tras la guerra, cuando mi padre escapó de Berlín; por entonces él tenía cuarenta y cuatro años y mi madre treinta y seis. Mi madre era alsaciana. Mi padre había nacido en

Schönhausen y fue allí donde se llevó a vivir a mi madre. Mi padre comenzó a trabajar en pequeñas reparaciones de tractores y otras máquinas cuando terminó la guerra; antes de ella había sido maestro, pero al volver prefirió dedicarse a otra cosa, supongo que porque su visión del mundo había sido puesta en entredicho por la guerra, que era parte del paisaje para nosotros. En la cocina aún colgaban las botellas que él había fabricado con restos de granadas antitanque, y los coladores estaban hechos con máscaras antigases en desuso. Supongo que eran lo que más me recordaba a mi infancia en esa casa, pero mi infancia era algo que yo no quería recordar: contra la evidencia de que un niño no puede hacer demasiadas cosas mal simplemente porque no puede hacer demasiadas cosas, mi padre siempre encontraba razones para castigarme; cuando eso pasaba, generalmente al atardecer, cuando regresaba del trabajo, me enviaba a la cama y me decía «Mañana te azotaré», y yo lloraba y temblaba y esperaba lo peor durante toda la noche. Al día siguiente, sin embargo, mi padre fingía haber olvidado el castigo pendiente, y yo, que no había podido dormir, caía exhausto ante la evidencia de su superioridad, de su potencia de dios doméstico. Algunas noches, yo pensaba «Me iré de aquí, me marcharé y me llevaré a mi madre cuando lo haga», porque siempre había querido escapar de ese pueblo y de esa casa, desde que mis pensamientos empezaron a coger forma, a apartarse y a distinguirse y a resaltar sobre la masa informe de tonterías que, supongo, es la mente de un niño antes de que éste se convierta en un individuo, en alguien que piensa por sí mismo y siente por sí mismo y no sabe por culpa de quién está allí y cómo puede escapar de todo el asunto; pero yo no me había llevado a mi madre conmigo y ahora estaba muerta; mejor vivir en la masa informe de tonterías que saber que todo ha sido culpa de uno y cargar con eso.

No escuchaba más a mi padre en el jardín delantero; abrí un cajón y encontré algunos cubiertos del juego que mi madre tanto quería: si hubiera tenido una casa donde ponerlos, una casa con cajones y con platos, los hubiera tomado y me los hubiera llevado también. En una estantería cubierta por una cortina encontré decenas de sobres de sopa de diferentes sabores, aunque la mayoría eran de patata. «Me gusta la sopa de patatas», dijo mi padre a mis espaldas. «Sí, lo sé», respondí. Mi padre abrió la nevera y sacó varios trozos de chorizo y de salchichas, que comenzó a cortar sobre una tabla mientras yo lo miraba hacer; luego sacó un tarro con pepinillos en vinagre y lo puso sobre la mesa, junto con algo de pan y dos platos. Se sentó y encendió un televisor que yo no había visto. Ése sí que era un cambio: cuando yo vivía allí, mi padre no nos había permitido nunca comprar un televisor, pese a la insistencia de mi madre. Sintonizó un programa de preguntas y respuestas y me echó una mirada. Yo me senté a su lado y comencé a comer. «¿Qué síntomas se registran en la enfermedad llamada de Alzheimer? –preguntaba un tío en el televisor–. Uno, fiebre y dolor de cabeza; dos, debilidad mental progresiva; tres, evacuación intestinal frecuente; o cuatro, movimientos involuntarios.» «Movimientos involuntarios», respondió mi padre entre dientes; el participante, un tío de Erfurt con pinta de bancario, escogió la tercera opción. Cuando el presentador dio la respuesta correcta, mi padre sonrió y dijo «Mierda», y agregó: «No tiene ninguna importancia. No importa cuánto te esfuerces por creerlo, son sólo palabras y conceptos, y ninguno de ellos tiene ninguna entidad». Yo no dije nada. «¿Sabes lo que decían los nazis?», me preguntó, pero no esperó que yo le respondiera. «Bueno, había dos clases: los que decían que la tierra era hueca y que dentro habitaban unos gigantes arios que nos ayudarían a ganar la guerra, y los que decían que eso era imposible porque la tierra es plana, plana y redonda; había bastantes peleas entre ellos, en particular cuando los jefes no estaban mirando. Yo, por aburrimiento, estaba un día con un grupo, y otro, con el otro. Un cabo que teníamos en Noruega preguntaba siempre: "Si un tío está de pie en el Polo Norte y otro en el Polo Sur, ¿por qué el del Polo

Sur, que está de pie abajo, no se cae?" y, como no sabíamos qué responderle, él decía que eso era porque la tierra es plana, y se reía como si hubiera ganado una batalla; pero sólo eran bravuconadas y, al final, cuando comenzó la verdadera acción, cuando nos lanzamos contra los rusos, una granada se lo llevó para arriba o para abajo o como sea, pero lo borró del mapa.» Mi padre se rió, festejando su propia historia. Yo miré de nuevo la pantalla. «No eran demasiado listos, los nazis», continuó mi padre. «Supongo que no me expreso con corrección», se burló suavemente de mí. «Todos éramos nazis por aquellos años, creo, pero no éramos muy listos. Sólo fueron listos los que se rindieron tan pronto como pudieron y escaparon de todo ese sinsentido, pero yo no pude, no sé qué me contuvo, y estuve en Noruega, a las puertas de Moscú y luego, cuando ya todo estaba perdido, también en Berlín. Supongo que no hice las cosas bien porque de lo contrario hubiéramos ganado la guerra, pero un hombre solo no gana guerras, ni dos. Ni tú ni yo juntos ganaríamos una batalla solos», dijo, y se rió: «Una unión perfecta: el cerebro y los músculos». Yo volví a mirar el televisor tratando de disimular mi fastidio. «No puedes cambiarlo: puedes intentar comprenderlo y darle vueltas en tu cabeza y hasta puedes hacerte llamar Job y quejarte, pero nada hará que el mundo a tu alrededor sea diferente. Yo he visto, en los refugios, en los últimos días de Berlín, a madres que explicaban a sus hijas de siete u ocho años ciertas cosas de las que nunca les habían hablado para que sus hijas supieran lo que iba a sucederles y no tuvieran aún más miedo, y luego llegaban los rusos y las violaban y nosotros teníamos que verlo todo y luego los llamábamos nuestros libertadores y cada año celebrábamos lo que habían hecho. No era fácil de tragar, pero al menos seguías vivo y podías dedicarte a tus cosas, si es que tenían algún sentido para ti. Mira», dijo mi padre señalándose la cabeza, «no puedes verla, pero hay una cosa en mi cabeza que se está comiendo mi memoria. No recuerdo exactamente cómo la llaman los médicos, pero es una jodida cosa contra la que no se puede hacer nada. Está allí y lo va comiendo todo y nadie puede hacer nada. Supongo que dentro de algún tiempo ya no sabré siquiera cómo te llamas; me sentaré todas las noches frente al televisor y lo mismo dará que repitan el programa porque yo no tendré ningún recuerdo particular ni sabré que lo he visto ya decenas de veces. Un tiempo más y seré como una especie de planta, que toma el sol y no se pregunta si el sol ha salido ayer o saldrá mañana. ¿Y sabes qué? Me gustará, porque borrará la mierda con la que he tenido que vivir todos estos años, todas esos recuerdos y esos remordimientos. Si lo piensas bien, no hay mejor cosa que irse de este mundo habiendo olvidado todo; sólo me gustaría que los otros se olvidaran también de mí, de mi cara y de lo que he hecho. No siempre he sido lo que se suponía que debía ser; puedes llamarlo como quieras, pero esas cosas pueden matar a un hombre, en particular si se trata de uno que ha querido ser bueno y sólo ha hecho daño y ha provocado dolor». Mi padre se quedó pensativo un momento y luego recogió su plato y el mío y los puso en el fregadero; después subió a su cuarto y yo me quedé a solas frente al televisor. El programa de preguntas y respuestas había terminado y ahora pasaban uno de esos policiales alemanes sin ningún sentido en los que todos resultan ser buenas personas, los criminales incluidos, y lo estuve mirando un rato, pero no podía concentrarme en la historia ni en los personajes ni en el delito y al final acabé apagándolo y me quedé allí frente al televisor, sin pensar en nada.

Un tiempo después, mientras estaba en Berlín tratando de arreglar mi vida, recordé esa conversación y entendí que lo que mi padre había dicho era lo más cercano a una disculpa que una persona como él y con su pasado podía hacer, pero me pareció que esa disculpa había llegado demasiado tarde para nosotros. Mi padre murió unos dos años después de nuestra conversación nocturna pero para mí ya había muerto mucho antes. Le vi por última vez en un asilo para viejos en el que pasó la mayor parte de ese tiempo, en Brandeburgo porque los de

Stendal y Tangermünde estaban llenos en su momento: si quisieras, podrías recorrer Alemania saltando de asilo en asilo, como los personajes de Voltaire, y, probablemente, no te alcanzaría la vida para verlos todos.

Mi padre estaba sentado tomando el sol al final de un pasillo cuando fui a verlo. No tenía mal aspecto, pero su cabeza estaba vacía; cuando me acerqué, me preguntó quién era. «El nuevo enfermero», le respondí, y luego me quedé sentado un largo rato junto a él, en silencio. Entonces pensé que tenía que hacer algo, que tenía que despedirme de él de alguna forma y le cogí de la muñeca fingiendo que le tomaba el pulso, y él me dejó hacer y luego me preguntó: «¿Está todo bien?». «Perfectamente», le respondí yo, y entonces él dijo: «Ya lo sabía», y luego yo me levanté de la silla y me aparté y me oculté detrás de una columna y estuve llorando un largo rato, pensando que ésas eran las últimas palabras que iba a escuchar de la boca de mi padre y que quizá él tenía razón cuando decía que era mejor olvidarlo todo. Luego miré hacia atrás y lo vi aún al final del pasillo, disfrutando de las últimas tardes de sol de ese otoño, y me marché. Mi padre murió cuatro meses después, a los setenta y nueve años. Nunca supe si había tenido alguna vez sueños o ilusiones, pero me gusta imaginar que no porque todas esas cosas acaban en la decepción y en el remordimiento. Quizá mi padre realmente los haya tenido, y todo el problema es que yo nunca llegué a conocerlo realmente. No importa, puedes llamar a esas cosas como quieras, puedes hacerte llamar Job y quejarte, pero no puedes cambiarlas: están allí y duelen, pero son todo lo que tienes.

ES EL REALISMO

París, insistamos, es un gobierno. Un gobierno que no tiene ni jueces, ni alguaciles, ni embajadores; es la infiltración, o sea, la omnipotencia. Cae gota a gota sobre la especie humana y la agujerea.

VICTOR HUGO, *Paris Guide* (1867)

Muy tarde para gozar de la indulgencia con la que ciertas personas crédulas obsequian a la juventud, P. lleva adelante una pequeña broma personal: dice que se encuentra en un sitio –digamos, Berlín– pero en realidad se halla en otro, por ejemplo, Roma. Se trata de una época en la que P. viaja mucho y las noticias sobre su paradero se multiplican, superponiéndose al ser repetidas por los destinatarios de su correspondencia, hasta que sucede lo que P. desea, esto es, que la multiplicación y la incongruencia de las informaciones sobre su persona tienen como paradójico resultado su desaparición, que su nombre y las cosas que van unidas a ese nombre, y que para muchos no son más que los libros que ha escrito y las ciudades que ha visitado y desde las que ha escrito –aparte de una media docena de declaraciones desafortunadas en periódicos, todas malentendidas–, permanezcan como lo único asible de una existencia que se diluye en la confusión. Nadie sabe con exactitud dónde se encuentra, con lo que poco a poco «P.» pasa a designar para algunas personas algo contradictorio y difícil de explicar, una confusión que se desplaza por el mapa europeo, por el de África del Norte, por el de Oriente Medio; algo en lo que nadie quiere pensar mucho.

Sus cartas son cada vez más difíciles de entender. En una ocasión, despacha una con una fotografía que le han tomado en un callejón, en una ciudad que podría ser Glasgow o Rabat o Bratislava, un sitio que parece encontrarse en ninguna parte. En la fotografía se le ve muy delgado, con unos pantalones que le quedan pequeños y una chaqueta que recuerda a aquellas de los Swinging Sixties londinenses; sus gafas se parecen a las que Bob Dylan lleva en *Dont Look Back* pero su pose recrea deliberadamente –aunque, mirada de forma apresurada, la coincidencia parece involuntaria– una de las fotografías más conocidas de Fernando Pessoa. Una mirada atenta al callejón hace que traiga a la memoria los que aparecen en algunas fotografías de *Austerlitz*, el libro del alemán W.G. Sebald; podría encontrarse en Ljubljana o en Poitiers o en Madrid, y esta confusión proviene, en buena medida, de que toda la fotografía no es más que una cita, algo que pierde sus contornos debido a su distancia del original y que exige demasiado a quien la observa: exige conocimientos de la moda inglesa de la sexta década del siglo XX, de la filmografía de Bob Dylan, de las fotografías de Fernando Pessoa, del libro de Sebald, del urbanismo de ciertas ciudades centroeuropeas. En todo ello hay un proyecto literario: P. es escritor y sabe que nada es más fácil de tachar que una cita.

Un día, a sus veintiocho años o así, P. se cansa incluso de este juego y da un abrupto final a la puesta en escena. No escribe más cartas, y, en adelante, se limita a balbucear monosílabos cuando habla con su familia por teléfono. Un par de veces por día se pregunta si no ha cometido un tremendo error al decidir dejar el país donde se crió y donde gozaba de un modesto reconocimiento como literato para marcharse a la pequeña ciudad alemana donde decidió enterrarse en vida, y en cada ocasión intenta no acabar de formular la pregunta, suspenderla aproximadamente por la mitad –«¿No fue realmente?», no más allá– para no escuchar la respuesta situada inevitablemente al final de la pregunta, puesto que P. tiene sentimientos encontrados respecto de lo que hizo, como quien hubiera llevado a cabo algo que, aislado en el pasado como un monumento, fuese superior tanto a sus anteriores fuerzas como a las presentes y lo oprimiera bajo un peso desmedido. Un par de argumentos, uno explícito y otro jamás mencionado, son todo lo que tiene para decir cuando se le pregunta –pero cada vez menos, puesto que P. deja de ser un «será» y pasa a ser otro de los tantos «podría haber sido» de las letras de su país– por qué alguna vez quiso dejar todo atrás.

El primer argumento es que deseaba mantener su autonomía como escritor en un marco en el que el reconocimiento –esa forma modesta de la fama de la que gozan algunos escritores, no más de cinco por generación– está supeditado a continuas concesiones la mar de humillantes: almorzar con A., comentar elogiosamente el libro de D., apoyar como jurado la novela de H., decir chorradas en el suplemento Ñ. El segundo argumento, secreto e inadmisible incluso en la intimidad, es que P. no deseaba regalarle a nadie el espectáculo de su tránsito de la condición de joven esperanza de las letras patrias a la de triste realidad. No era más que una negociación, una cierta adecuación a unas reglas de juego implícitas lo que se demandaba de él, pero él no estaba dispuesto a negociar, convencido –quizá erróneamente– de que la literatura no es el sitio para tales negocios, de manera que P. ha decidido retirarse del juego, desaparecer, para no dejar tras de sí ni siquiera una referencia menor en la enciclopedia futura de una literatura cada vez más irrelevante.

Un par de veces, durante los años que pasa en la ciudad alemana trabajando para una universidad, piensa que por fin lo ha logrado, que ha desaparecido del todo, pero, cada vez que lo piensa, una carta o cualquier irrupción del pasado le hacen comprender que aún no es suficiente. Finalmente, sigue comiendo las mismas comidas, sigue leyendo libros, sigue mirándose en el espejo y reconociendo a quien alguna vez fuera un joven escritor de su país, sigue admirando el estilo prístino y atormentado de las traducciones –que nunca pueden decirlo todo y lo saben–, sigue tomando notas para una novela que no tiene tradición en la que inscribirse. P. toma ansiolíticos, antidepresivos, pastillas para dormir. En ocasiones se excede voluntariamente en las dosis y permanece atontado un día o dos, pero siempre acaba saliendo del trance debido a la absurda obstinación de la vida por aferrarse a sí misma. P. creía antes en la metafísica y ahora cree en la farmacéutica; a esto se le llama «el tránsito a la vida adulta».

Una vez, dispuesto a acabar con lo último que lo ata al pasado, P. viaja por un mes a París prometiéndose que al regresar no escribirá más libros. Se trata de una especie de luna de miel, en el sentido de que una luna de miel inaugura un período y clausura otro, por lo general más feliz. P. se promete dejar de escribir en la ciudad sobre la que prácticamente todos han escrito, una ciudad en la que, al parecer, no se puede hacer otra cosa que escribir. Mientras espera en pequeñas estaciones de trenes alemanas que le parece haber visto antes –aunque está seguro de no haber estado nunca en los pueblos en los que éstas se encuentran–, P. sueña con que el peso de la historia literaria de París acabe por ratificar su incapacidad para escribir, que el exceso de literatura de la ciudad le lleve a desistir de volver a escribir, como la cura drástica del enfermo de neumonía al que se obligase a pasar la noche de invierno desnudo en el patio del hospital.

Sin embargo, algo sale mal. P. se queda sin dinero durante la segunda semana de su estadía –ha perdido la cartera en algún sitio; en algún café de la rue Mouffetard, supone– y comienza a llevar una existencia disparatada, caminando todo el tiempo para evitar sentir hambre o frío. No tiene tarjetas de crédito y su cuenta bancaria está en rojo; el siguiente pago de la universidad donde trabaja sólo tendrá lugar dentro de tres semanas. Su billete de tren está fechado en quince días, y en las oficinas de la Gare de l'Est se niegan a adelantarlo o a devolverle el dinero, aunque le anuncian que puede postergar su retorno si lo desea, pero eso es exactamente lo contrario de lo que él quiere hacer.

P. llama a un par de personas que conoce en la ciudad alemana pero éstas se encuentran fuera de la ciudad o no responden el teléfono. Sólo tiene dinero para una cena y un par de cafés por día, que toma luego de pensárselo mucho y cuando ya se encuentra al borde del desfallecimiento. Se esfuerza por disimular su nerviosismo cada vez que pide las llaves en la recepción del hotelito, cerca de la estación Maubert Mutualité del metro, en el que las cuentas comienzan a acumularse. Por alguna razón, la zona está llena de desamparados que duermen en las calles, y P. los observa con interés cuando se apiñan en los umbrales de las tiendas. No puede regresar a la ciudad alemana donde vive porque no tiene dinero para ello –el autoestopismo es una actividad poco estimada en Europa, y P. no conoce sus reglas– pero tampoco puede seguir adelante porque desconoce qué es lo que se encuentra adelante. No le resulta difícil comprender que en algún momento se le acabará del todo el dinero y tendrá que unirse a los cónclaves de desamparados sin tener siquiera la historia de una caída que narrar noche tras noche. Se dice que será el único desamparado de París que oteará las novedades editoriales en los escaparates de las librerías del boulevard Saint Germain, preguntándose, al igual que en los últimos años –pero, por fin, con indiferencia–, qué lleva a los lectores a escoger esos libros, qué los lleva a morder los anzuelos burdos de una literatura acabada. No es una dulce, romántica pobreza a lo Henry Miller en *Trópico de Cáncer* ni a lo George Orwell en *Sin blanca en París y Londres* lo que experimenta P., sino una amarga desesperación, pero también, de forma subterránea, una secreta admiración por la vida, ya que ha viajado a París para deshacerse del pasado y se ha encontrado con que la ciudad le birlaba el futuro.

P. lleva una lista de la gente que escribió sobre París. Es ésta: «Jack Kerouac, Pío Baroja, Charles Dickens, Nicolai Gogol, Henry Miller, Gertrude Stein, Domingo Faustino Sarmiento, Jean Rhys, Ernest Hemingway, Francis Scott Fitzgerald,

Raúl González Tuñón, Vladimir Nabokov, George Orwell, César Vallejo, Enrique Vila-Matas, Walter Benjamin, Alfredo Bryce Echenique, un montón de franceses».

Mientras todo esto le sucede a P., llega a París un novelista de la ciudad donde P. nació. Se trata de alguien veinte años mayor que él; las diferencias entre su trabajo y el de P. son dignas de mención: mientras P. se siente cómodo en las formas breves, el novelista prefiere explayarse; ha escrito un libro de quinientas páginas sobre la historia de la inmigración a Argentina de su familia a fines del siglo XIX que P. abandonó, criteriosamente, en la página veintiocho, lo que comparte, probablemente, con la mayor parte de sus lectores. Sin embargo, el libro –que ganó un premio– le ha situado en una posición central en el panorama de las letras locales, quizá porque las novelas largas suelen provocar la impresión en los editores crédulos de que la abundancia de páginas reemplaza lícitamente a la de lectores, por lo que el fracaso comercial de una novela larga, piensa P., es más deseable desde el punto de vista editorial que el éxito de una novela breve. Saber esto no hace feliz a P., de la misma forma en que tampoco le ayuda saber que los premios literarios no son literatura y a menudo ni siquiera se le parecen. P. sabe desde aquellos lejanos tiempos en que era un adolescente que leía libros en un barrio pobre de su ciudad natal –alimentado sólo por la esperanza de convertirse alguna vez en un escritor como los que leía– que la literatura no es una carrera de obstáculos, por lo que conocerlos, saber que están allí, no sirve para obtener ventaja alguna respecto al resto de los competidores; por el contrario, ante la convicción de que ésos son los obstáculos que una persona debe sortear para convertirse en un escritor auténtico y valioso, en un escritor que tiene algo para decir y que está dispuesto a decirlo incluso aunque no sea lo que el resto quiere escuchar, uno sólo puede darse de bruces contra ellos o abandonar la carrera. Esta dicotomía es, sin embargo, equivocada, puesto que también se pueden ignorar los obstáculos o no verlos en absoluto como obstáculos, que es lo que el novelista ha hecho al solicitar una beca otorgada por una fundación extranjera para documentarse en París acerca de la estancia en esa ciudad de un prócer argentino; el prócer tuvo una amante que al parecer le escribía cartas encendidas de pasión que un coleccionista privado ha donado un par de años atrás a la Bibliothèque Nationale de France, por lo que un jurado prestigioso e imparcial –constituido, entre otros, por dos amigos del novelista– le ha otorgado la beca para revisar los documentos con vistas a escribir una novela histórica que, podemos suponerlo, ganará también un premio o dos si otros jurados –igualmente prestigiosos y, sobre todo, igualmente imparciales– lo consideran conveniente.

Nuestro novelista ha leído un par de libros de P. y aprecia con ciertas reservas su trabajo, al que juzga inmaduro, entendiéndose por madurez la aceptación de las propias limitaciones, que en el caso de un escritor le llevan a aceptar el nicho que se le otorga en el panteón literario de su tiempo. Nuestro novelista no piensa mucho en P., pero una serie de acontecimientos llevan a que sepa que también se encuentra en París: P. ha llamado a sus padres por cobro revertido y la operadora les ha preguntado si deseaban aceptar una llamada desde París, después su padre ha abierto la boca en su oficina, donde trabaja con una vieja novia de P., y ésta, a su vez, se lo ha contado al novelista, del que es amiga. Nuestro novelista piensa que P. –al ser también escritor, provenir de la misma ciudad y encontrarse por casualidad al mismo tiempo en París– se alegrará de verlo, y que ambos podrán hablar de literatura y de los colegas de la ciudad en la que ambos nacieron de esa forma en que hablan los escritores de otros escritores y que sólo aquellas personas que no son crédulas pueden interpretar como lo que realmente es: el ruido que producen los engranajes del rencor, que impulsan tantas carreras literarias. Nuestro novelista considera que jóvenes como P. son necesarios para construir una sociedad mejor. Nuestro novelista es también un alma ingenua.

Entre todas las historias del país que P. abandonó, una le viene a la mente con particular frecuencia mientras camina por París. Una vez, en Buenos Aires, P. se encontró con Juan José Saer. Saer iba a hablar sobre algún tema ridículo, la función del escritor en la sociedad o algo así, y el periódico en el que P. trabajaba lo envió; mientras se encontraba en la cola para entrar, P. notó que el propio Saer estaba a su lado, esperando también, y comenzó a pensar en qué decirle: primero pensó en presentarse y decirle que le gustaban sus libros, pero esto no hubiese sido totalmente cierto debido a que algunos de ellos no le habían gustado; después pensó en decirle que sólo le habían gustado algunos de sus libros, pero esto hubiese sido descortés de su parte porque a ningún escritor le agrada saber que sus libros no han gustado a un lector e incluso porque, así como la frase estaba construida en su cabeza, Saer podría haber pensado que los libros que no le habían gustado a P. eran la mayoría de los que había escrito; finalmente, P. pensó en presentarse simplemente, pero no vio qué interés podía tener Saer en conocerlo. Estaba tratando de decidir qué decirle, envuelto en una multitud de pensamientos, cuando Saer, llevándose la mano al pelo o a las gafas con un gesto enérgico y nervioso, le dio tan tremenda cachetada que hizo volar sus gafas por los aires. P. se puso a buscarlas entre los pies de la gente tan pronto como se recuperó de la sorpresa y no escuchó si Saer se disculpaba, pero, cuando volvió a levantarse, por fin con las gafas puestas, Saer ya había entrado al sitio donde iba a tener lugar la conferencia; se fue rápidamente cuando terminó y P. nunca pudo saber si se había dado cuenta de la cachetada que le había dado, o no. Mientras camina rápidamente por París, P. piensa que es curioso que las cosas hayan tenido lugar de esa manera, ya que Saer era un escritor realista, y él, uno fantástico; era Saer quien tendría que haberse dado cuenta del golpe debido al hecho de que los escritores realistas tienden a prestar mucha más atención a la realidad que los escritores fantásticos, piensa P. mientras camina relativamente rápido por París y entonces llega a la conclusión, mientras camina no tan rápido por París, de que por las mismas razones es él quien tiene que haber golpeado a Saer y ahora recuerda la historia al revés, o, mejor aún, que la escena no ha tenido lugar nunca sino que es la fantasía de un escritor fantástico en la que aparece un escritor realista, ambos finalmente en el sitio que les corresponde, de lo que P. se felicita, mientras camina bastante lentamente por París o, ya puesto a ello, se detiene por completo.

Nuestro novelista acaba comprendiendo tras varios días que no es tan fácil dar con P. como él había supuesto; París es demasiado grande y él no sabe en realidad por dónde comenzar la búsqueda. Para empezar, recorre las librerías del Quartier Latin, que considera el sitio más adecuado para encontrarse con un escritor; luego camina por el boulevard Saint Germain, visita la place St-Sulpice, pasea por el Jardin du Luxembourg, entra al Pantheón –allí se emociona ante la presencia de las cenizas de Hugo, Voltaire, Rousseau y Zola, que no demuestran el mismo entusiasmo– y almuerza en la rue Sant Jacques. En Notre Dame merodea buscando el rostro de P. entre los de los turistas que filman cada uno de los rincones de la iglesia, luego merodea por la Île de la Cité; desde el Pont-Neuf cree distinguir a P. sentado junto a una adolescente en la place du Vert-Galant. La place du Vert-Galant es conocida así por la gran fortuna de Enrique IV con las mujeres, fortuna solamente extensible a este ámbito, ya que nunca fue capaz de mantener bajo control la situación en Alemania y hasta sus propios hijos –producto de esa fortuna de la que el rey hacía gala bajo los árboles de la *place*– acabaron conspirando contra él, obligándolo a abdicar en 1105. Nuestro novelista baja las escaleras y camina hacia donde se encuentra la adolescente, que se ha enroscado sobre el eventual P. Nuestro novelista se dirige hacia ellos y dice un par de palabras en voz alta, el comienzo de una frase de introducción –«Qué tal, es una sorpresa encontrarte por aquí» o algo por el estilo–, pero la adolescente, que no le ha visto llegar, suelta al desenroscarse un grito contenido y su enamorado, que –desafortunadamente para el novelista y para el propio P.– no es P., lo insulta con palabras que el novelista, que ha estudiado francés largos años en la Alianza Francesa de su ciudad natal, no acaba de comprender. Se marcha apresuradamente de la place du Vert-Galant y se desbarranca por la boca del metro en la estación Pont-Neuf, luego emerge en la estación Raspail tras cambiar en Place d'Italie y atraviesa el cementerio de Montparnasse en dirección a la Gare.

El problema es que P. ignora el hecho de que el novelista le busca y continúa con su desafortunada existencia: se cuela en los autobuses que unen la Place d'Italie con los barrios más distantes de la periferia, bajándose sólo cuando ha acabado el recorrido o un inspector sube, y regresando luego lentamente, cambiando de acera cada vez que se topa con un restaurante. Ya no le interesan los edificios históricos; en cambio, siente una especial predilección por el norte de la ciudad, cuyos aires proletarios ya son cosa del pasado. Sube en autobús hasta el Parc de la Villete y luego regresa caminando al Quartier Latin; como desea evitar el paisaje gris que rodea a la Gare de L'Est y a la Gare Du Nord, coge las callecitas paralelas al boulevard de la Chapelle como la rue de Jessaint, la rue Polonceau y la rue Muller y atraviesa Montmartre pasando por la place du Tertre. Un grupo de turistas le pide que les tome una fotografía y P. primero piensa en dejar sus cabezas fuera del cuadro para que los turistas se lleven una fotografía de su vacación de decapitados, pero luego toma la fotografía tal como se supone que debe hacerla, dejando dentro del cuadro todos los órganos vitales, y devuelve el aparato fotográfico sin decir una palabra. Después camina por el boulevard de Clichy, que le parece un civilizado antro de perdición, y baja por la rue Pigalle hasta la Ste-Trinité, de allí a la Opéra y luego, para evitar los Jardins des Tuileries, por la rue de Quatre Septembre, luego por el boulevard de Sebastopol hasta St-Michel; cuando su itinerario ha terminado, puede pensar en hacer su cena en algún sitio cerca de St-Julien-le-Pauvre –un nombre más que conveniente, piensa– y en irse a la cama tras responder con vaguedades las razonables preguntas del conserje.

Un par de veces, en los días siguientes, nuestro novelista acierta sin saberlo con ese itinerario, pero P. le lleva ventaja y tiende a cambiar su ruta toda vez que el hambre o el aburrimiento se lo dictan. Mientras camina por París, le impresiona –y, por alguna razón, le duele– ver la vida expresándose, surgiendo de la nada en el rostro de una mujer bella o en los zapatos de un niño, violentando su propia, estúpida, imposibilidad, que es la de no saber hacia dónde se dirige.

En este punto, cuando un imprevisto bajo la forma del desinterés o la incapacidad de P. para salir a su encuentro ha trastornado su estancia parisina, arrastrándolo con él al ocio y a la confusión, nuestro novelista comprende que la previsión, considerada en el mundo de las letras la más desdeñable de las actitudes que un escritor puede adoptar, es, sin embargo, la más utilizada, puesto que, si lo piensa bien, su «carrera literaria» no es más que el ejercicio metódico e incluso talentoso de una previsión artera. Supongamos que ha transcurrido de la siguiente forma: nuestro novelista es un joven que tiene «inclinaciones» literarias en una época en la que, por fuerza, nadie tiene «inclinaciones» contables o farmacéuticas o, en cualquier caso, «inclinaciones» más provechosas que las literarias. Nuestro novelista –que, por supuesto, aún no es en absoluto novelista– quiere ser escritor; un día quiere ser Antonin Artaud, otro día quiere ser Jorge Luis Borges, al siguiente, Herman Hesse y, más tarde, Julio Cortázar; nuestro novelista es imbécil pero al menos lee lo que hay que leer a su edad. Un día lee el anuncio de un nuevo taller literario en la sección, precisamente, literaria del periódico de la ciudad de provincias donde vive; la página está ubicada entre las de turf y las de anuncios necrológicos, con lo que parece anticipar, con conmovedora sinceridad, que la literatura está a medio camino entre las apuestas y la muerte. Sin embargo, nuestro novelista se anota en el taller literario y durante dos años aprende a imitar a Jorge Luis Borges, a Cesare Pavese, a Augusto Monterroso, a Paul Valéry, a Franz Kafka, a Gabriel García Márquez. Un busto de Edgar Allan Poe vigila su aprendizaje en el terreno de la imitación literaria. Nuestro novelista está enamorado de varias de las alumnas que asisten al taller, pero ellas están enamoradas del director del taller literario y éste ejerce un previsible derecho de pernada; el director del taller literario es calvo, está gordo, ha sido alcohólico el tiempo suficiente para acabar teniendo ese aspecto de fotografía fuera de foco que tienen todos los alcohólicos, lleva un bigote y habla con voz gutural como si fuera un actor de telenovela, aunque –sospecha nuestro novelista– lo que pretende es imitar a Edgar Allan Poe o, mejor dicho, a lo que sus biógrafos han dicho que Poe era. El director del taller literario se acuesta con sus alumnas tantas veces como ellas lo consienten, y ellas lo consienten casi siempre, quizá convencidas de que el semen del director del taller literario es tan literario como *Vida y opiniones del caballero Tristran Shandy*, y nuestro novelista comprende que toda su fortuna con las mujeres se debe al hecho de que ha publicado libros, de que *es* un escritor, lo que ratifica a nuestro novelista en la convicción de que él *tiene* que convertirse en uno para ser requerido por las mujeres. Una de ellas le permite visitarla en su casa un par de veces; ella recita versos de Alejandra Pizarnik en la oscuridad de la cocina; fuma un cigarrillo detrás de otro y tiene una forma de aspirar el humo que a él le hace pensar que le duele hacerlo, una forma trágica que expresa que vive todos los momentos de la vida, incluso los más simples como fumar un cigarrillo en la cocina, con la misma apasionada intensidad que Alejandra Pizarnik puso en convertirse en la más insoportable de las poetisas de su país. En un momento, ella interrumpe la recitación y lo besa; nuestro novelista responde al beso primero con entusiasmo y luego con cierta aprehensión porque la boca de su compañera de taller sabe a tabaco y quizá a orín y a semen del director del taller literario. Mientras follan, nuestro novelista piensa que él no es más que la distracción que ella se permite entre encuentro y encuentro con el director del taller, pero también piensa que ella le permite acceder a intimidades que sólo el director del taller literario ha conocido y eso lo hace eyacular un chorro incontenible de semen entre balbuceos de agradecimiento y un poco de llanto. Nuestro novelista pierde así, gracias a la literatura, la virginidad y quizá también el sentido común, y el país gana un escritor y pierde un contable.

Un tiempo después, se entera de un concurso literario donde uno de los jurados es el director del taller literario, prepara tres copias de un cuento que ha leído previamente en el taller y que pareció gozar de un juicio benigno por parte del director, escoge como pseudónimo el nombre de un personaje que aparece en una novela del director y lo envía. Gana. No el primer premio, pero sí el segundo o el tercero. Y, aunque sabe que el premio no es más que un guiño que el director del taller literario le ha hecho –beneficiándose indirectamente con ello, puesto que a él le conviene a los fines publicitarios que uno de los ganadores del concurso sea alumno de su taller–, se dice que está para cosas mayores y publica, pagándolo de su bolsillo, un libro de cuentos que recibe tres críticas: la primera es del propio director del taller literario, quien dedica unos diez minutos de una de las sesiones para comentar la aparición del libro entre los alumnos y considerarlo «un paso importante» en la incipiente carrera de nuestro novelista, guardándose de aclarar si la dirección que sigue ese paso no es la del desastre más absoluto; la segunda crítica se publica en la página de literatura que aparece a medio camino entre la sección de hípica y los anuncios necrológicos en el diario local y que reconoce «méritos» en el libro pero apunta a la «inmadurez» del autor; la tercera es publicada en un periódico de la capital y destaca su libro –«llamativa colección de cuentos que exploran los terrenos de la literatura fantástica»– entre una veintena de libros enviados al periódico esa semana desde las crueles provincias. Nuestro novelista lleva el recorte del periódico capitalino en el bolsillo interno de su chaqueta y éste le allana el camino a las sábanas de otras dos compañeras del taller literario. Mientras folla con ellas, piensa que su semen se mezcla con el semen del director del taller literario y que algo de lo que, supone, es su extraordinaria calidad como escritor, pasa así a él. Éstos son los rituales animistas de la tribu de los escritores, en las selvas impenetrables de la estupidez y la ignorancia.

Naturalmente, la carrera literaria de nuestro novelista podría haberse estancado en ese punto en virtud de su falta de talento, de su juventud y de su oscura existencia en las provincias, pero nuestro novelista –que, repito, aún no sabe que es novelista– decide preverlo todo, rebatir su falta de talento –que quizá, secretamente, intuye– con una astuta previsión que le ayude a alcanzar lo que él considera las más altas cimas de la literatura de su país, de modo que comienza a colaborar en la página literaria del periódico local gracias a una recomendación del director del taller literario. Naturalmente, no cobra un céntimo por su trabajo porque, a la manera de Stendhal, considera que el arte no puede ser comprado ni vendido, una opinión que el francés quizá expresara siendo cónsul de su país en Civitavecchia o en alguno de los puestos que le correspondió ocupar en su vida de perpetuo empleado público, pero que nuestro novelista –heroicamente– sostiene en la miseria, alimentándose exclusivamente de la succión de clavos. Un par de veces reportea para la página literaria a escritores que, por alguna incomprensible y, sin duda, lamentable equivocación, pasan rápidamente por la ciudad de provincias; nuestro novelista les escribe luego cartas aduladoras en las que les remite copia del artículo publicado, y, más tarde, otra carta bastante sumisa con un ejemplar dedicado de su libro de cuentos, y después otras cartas aún más obsecuentes que incluyen dos o tres cuentos suyos, los que considera mejores de la veintena que ya ha escrito. Una respuesta, la única que recibe, una respuesta que es quizá desganada y meramente formal pero que es simplemente la única respuesta que recibe, lo lleva a anunciar a vuelta de correo que visitará la capital para «discutir personalmente» las observaciones que el otro escritor le ha hecho.

Unos días más tarde, en la capital, se encuentra con el desafortunado escritor que ha soltado a la bestia en los terrenos de la literatura de la capital y éste, tras concederle una media hora en la que la conversación indefectiblemente sólo versa sobre sí mismo, como es habitual entre escritores, acepta el pedido de nuestro novelista de que le dé las señas de otros autores a los que quiere reportear para su periódico. El escritor, qué duda cabe, se las da con entusiasmo. Que se jodan esos imbéciles, piensa satisfecho. Nuestro novelista reportea a esos escritores y adula con especial determinación a uno de ellos, que nació en la misma ciudad de provincias, aunque se marchó tan rápidamente como pudo, y ahora dirige las dos páginas literarias –llamadas presuntuosamente «suplemento cultural»– del periódico menos importante de la capital. Nuestro novelista intenta apelar a su «amor por el terruño» para que el escritor le conceda la «distinción» de escribir bibliográficas para su «suplemento», pero el escritor no tiene ningún «amor por el terruño» y sólo más adulación y la promesa más o menos explícita de elogiar los libros que el escritor considere dignos de crítica y denostar los que en su opinión sean merecedores de la más dura denostación consiguen que el escritor, un poco cansado, le dé finalmente lo que quiere.

Nuestro novelista regresa a la ciudad de provincias donde vive convencido de que ha dado un paso de notable importancia. Naturalmente, deja de ir al taller literario. Un día, en la presentación de un libro, se encuentra a su director. Ya han sido publicadas sus primeras reseñas en el periódico de la capital y le da la impresión de que la actitud del director del taller literario es ahora diferente, servil digamos. «¿Qué tal?», le pregunta el director del taller literario. «Muy bien. ¿Y tú?», responde nuestro novelista. «Leí tu crítica al libro de S. Yo había leído el libro un par de días antes y pensaba exactamente lo mismo que tú has escrito», cuenta el director del taller literario. «Muy bien», dice nuestro novelista, y luego ambos se quedan en silencio, sin nada más que decirse; nuestro novelista mira de costado al director del taller literario y le parece aún más calvo, más gordo y más desteñido de como lo recordaba. Es una mala copia de Poe, una copia provinciana, como el retrato que hiciera alguien que sólo ha visto una vez a Poe a gran distancia, corriendo apresurado para escapar de allí, piensa. «¿Sabes que saldrá un libro mío la semana próxima? Quizá te toca a ti reseñarlo», dice de repente el director del taller literario, y lo mira. Nuestro novelista observa el fondo de su vaso y no responde nada. Más tarde, pide al periódico que le envíen el libro tan pronto como salga, lo lee con fruición y entrega una crítica en la que dice, en sustancia, que el director del taller literario se repite, que su estilo es anticuado, que sus personajes son planos y que no parece haber entendido el mensaje de que los vientos han cambiado en la literatura, todo esto escrito con un tono elogioso, ligero e irónico, cuya ironía, que a nuestro novelista le parece evidente, nadie comprende excepto el director del taller literario mismo, quien, quizá, se deprime un par de días, y quizá no. Este triunfo de nuestro novelista es, sin embargo, efímero, puesto que los envíos de libros del periódico capitalino empiezan a retrasarse y nuestro novelista comprende que acabarán por suspenderse si no hace algo. Entonces decide mudarse a la capital. Sus comienzos son difíciles pero se consuela pensando que todos los comienzos lo son: vive en una pensión, come malamente, pero escribe aun más artículos para el periódico que en el pasado y eso lo hace feliz. Puesto que necesita vivir de algo, decide presentarse en una pizzería a la vuelta de la pensión donde le han comentado que necesitan un empleado. Nuestro novelista deviene así pizzero y durante largas noches coloca aceitunas y trozos de pimiento o lonchas de jamón sobre pizzas redondas que, tras yacer unos minutos en el fondo sucio de un horno, son metidas en cajas, que arma con una capacidad que al poco tiempo le asombra incluso a él mismo, y repartidas por la ciudad por jóvenes motociclistas a los que sólo reconoce por la voz porque nunca se quitan el casco; durante estos meses, nuestro novelista se encuentra todo lo cerca que se encontrará nunca de tener una profesión respetable y de convertirse en una persona de bien. Sin embargo, piensa que su trabajo en la pizzería es una humillación que ningún artista puede tolerar y decide dejarlo tan pronto como pueda. Mientras coloca trozos de piña o corazones de alcachofa sobre pizzas cubiertas de una mezcla de grasa y pintura que sus jefes denominan «queso», nuestro novelista piensa en los libros que quiere escribir y en las obras que le darán fama internacional, pero, sobre todo, piensa en cómo salir de allí, cómo hacer para ser respetado como escritor, para publicar en las editoriales donde publican los pocos autores que él no considera inferiores a sí mismo. Nuestro novelista no tiene nada que hacer durante el día y empieza a asistir a algunas clases en la Facultad de Filosofía y Letras; allí milita un tiempo en un grupo de izquierda para el que dicta un seminario teórico sobre el realismo socialista. Se acuesta con un par de compañeras para quienes, al parecer, la distribución desigual de la riqueza se repara mediante la distribución aún más desigual de los efluvios corporales. Son en general relaciones tristes y a menudo tortuosas, básicamente porque, tras acabar, la distribución desigual de la riqueza permanece, pese a todo, incólume, pero nuestro novelista no se lo pasa tan mal y piensa que contribuye a una buena causa.

Un día se produce una vacante en la pizzería donde trabaja y nuestro novelista trae a un compañero de militancia. Una noche, su compañero mete en cada una de las cajas de pizza a repartir un manifiesto de su grupo en el que éste se declara a favor de la reforma agraria, la abolición de la enseñanza obligatoria y la prohibición de los cultos religiosos; cuando sus jefes descubren la acción los echan a ambos, pero, para entonces, nuestro novelista, quien no ha dejado de escribir para el periódico, ya sabe lo que tiene que hacer: se dedica con obstinación y escasa sutileza a elogiar los libros de una editorial en particular, a cuyo director conoce «casualmente» en un cóctel. Nuestro novelista le dice que tiene un libro de cuentos que le gustaría mostrarle. El director responde que los libros de cuentos no venden, pero que con gusto le echaría una mirada a una novela si la tuviera. Por un segundo, nuestro novelista se derrumba ante la negativa, pero luego reacciona. «Sí, también tengo una novela», dice. «Tráigamela mañana por la tarde», le responde el director de la editorial y luego se da la vuelta y comienza a hablar con otra persona.

Nuestro novelista regresa a su pensión en un autobús en el que no deja de tomar notas; al llegar, une tres o cuatro cuentos, unifica personajes, tono, atmósfera, piensa un título. Luego tipea durante toda la noche pese a las protestas de los otros pensionistas. Por la mañana, la dueña de la pensión le dice que tiene que marcharse. Por la tarde entrega el manuscrito. Más tarde se muda. Un mes después, le anuncian que han aceptado su manuscrito pero le recuerdan la situación de la literatura en el país y le anuncian que, «desafortunadamente», no pueden pagarle nada en concepto de adelanto. Nuestro novelista, sin embargo, acepta. Esa misma noche anuncia la noticia en una reunión de su grupo y éste, tras deliberar a puertas cerradas sin su presencia, le explica que la editorial es una empresa capitalista que distribuye un capital simbólico que –puesto que el autor es parte y emanación de las clases trabajadoras– pertenece en realidad a esas mismas clases, por lo que él no puede firmar el contrato sin traicionarlas. Nuestro novelista afirma, constreñido por lo duro de la situación, que se atendrá a la disciplina partidaria y al otro día pasa por las oficinas de la editorial y firma el contrato. Unos meses más tarde el libro es publicado y es reseñado en cuatro periódicos de la capital con cierto escepticismo; la reseña que el director del taller literario publica en el periódico de la ciudad de provincias es, sin embargo, muy elogiosa, servil podríamos decir. Pero todo esto alcanza para que el novelista comience a cobrar algo de dinero por sus contribuciones para el periódico y sea invitado a colaborar en la revista de una tarjeta de crédito; allí escribe sobre libros que pueden interesar a quienes tienen una tarjeta de crédito, libros que tratan sobre el dinero y la facilidad de hacerse con él. Más tarde, nuestro novelista es invitado a participar como jurado en un concurso. No es un concurso muy importante, pero la invitación reafirma su opinión de que él ya se ha convertido en una autoridad. Sus compañeros en el jurado son otros dos escritores, más viejos y más prestigiosos que él, y él vota a los autores que ellos proponen para el premio; al director del taller literario, cuyo estilo ha reconocido de inmediato en uno de los originales, le reserva la cuarta mención y le entrega personalmente su diploma en el acto realizado para tal fin con un cordial apretón de manos; el director del taller literario está contento y le agradece cuanto ha hecho por él. Nuestro novelista responde que no ha sido nada, y tiene razón.

Un tiempo después le invitan a ser jurado en otro concurso y las circunstancias se repiten, así como uno de los dos compañeros del jurado anterior. Éste tiene necesidad de que el autor premiado sea una persona de su amistad, pero es difícil imponer su criterio porque los otros dos jurados candidatean a otro autor de su amistad. Él sólo cuenta con su voto y el de un cuarto jurado, por lo que convence a nuestro novelista de que lo apoye en la votación. Nuestro novelista lo hace y obtiene la portada del suplemento literario del periódico que su compañero de jurado dirige. Sus reseñas para la revista de la tarjeta de crédito le han permitido comprender qué es lo que sus lectores quieren y, en ese instante, que constituye el único instante de auténtico genio que un autor mediocre pero vendedor tiene a lo largo de su ramplona vida, decide escribir una novela sobre un escritor que conoce a un personaje que ha conocido a un prócer del país donde nuestro novelista escribe. Nuestro novelista cuenta el argumento al director de una editorial realmente importante, no aquella en la que él publicó su novela anterior, y éste «compra» la idea. Nuestro novelista trabaja entonces en ella con un entusiasmo que cualquiera hubiera dedicado a escribir literatura de verdad pero que él sólo puede destinar a esto. Finalmente, termina su manuscrito, lo presenta al director, recibe sus correcciones, las incorpora, entrega su manuscrito, obtiene el premio que esa editorial organiza todos los años. Su jurado, las principales figuras de la literatura nacional, se lo entregan en un acto donde todos elogian un libro que no han leído. Un escritor que ha recibido el segundo premio denuncia el fraude mediante cartas a los periódicos, pero ninguno de éstos las publica. El asunto, sin embargo, no tiene finalmente ninguna importancia, porque nada puede ensombrecer la hora luminosa de nuestro novelista.

Un año más tarde –después de que su libro vendiera miles de ejemplares, recibiera críticas consecuentes con su nueva posición y fuera incluso traducido a un par de idiomas– nuestro novelista es convocado para ser jurado de la siguiente edición de ese mismo premio. Su candidato esta vez es el hijo del director del periódico donde trabaja. Gana. Unos días después, en la entrega del premio, uno de sus compañeros de jurado le cuenta la historia de otra escritora de provincias. Esta escritora es al principio una muchacha que trabaja en una zapatería y, mientras ve desfilar pies –pies de todas las formas posibles, pies con los dedos unidos, pies cuadrados, pies con hongos, pies que huelen mal–, sólo sueña con ser una escritora. No escribe mal. Un día se pone en contacto con un escritor de su ciudad que ahora vive en la capital para que le dé clases de narrativa; el escritor –que es alguien que realmente «comprende» que eso no lleva a nada– le dice que no, pero le asegura que puede ir a visitarlo si quiere. Ella lo hace. Su juventud es tanta como su desesperación por abandonar la zapatería. Se acuesta con él. Escribe cuentos. Gana concursos. Más tarde, comienza a interesarse por otro género, digamos, el teatro. Empieza a recibir clases con un profesor de dramaturgia, abandona al narrador y comienza a acostarse con el dramaturgo, escribe obras de teatro, gana concursos; curiosamente, al tiempo lo deja y comienza a interesarse por la poesía. Su descubrimiento de un género literario, cada uno de ellos, se ve correspondido con un amorío más o menos infeliz con su introductor en el nuevo género, un amorío que tiene horarios más bien excéntricos, que generalmente tiene lugar por la mañana, cuando el dramaturgo o el poeta o el ensayista deja a su niño en el colegio, o por la tarde, cuando su mujer no está en la casa; coitos rápidos y más o menos desapasionados en los que el semen literario de todos sus amantes tiene la cualidad –o al menos así supone ella– de acercarla un poco más a Julian Barnes, a Milan Kundera, a Martin Amis, a Flannery O'Connor, a todos los autores que ella admira. «Qué terrible», balbucea nuestro novelista al acabar de escuchar la historia. «¿No es verdad?», le pregunta el narrador, pero es sólo una pregunta retórica. «Y sin embargo, es una excelente historia», dice. «Sí –reconoce otro de los jurados–, pero ¿quién tendría el valor de contarla?» «Sí. ¿Quién tendría el valor de contarla?», acepta nuestro novelista.

En París, P. deja de escribir, o al menos deja de tomar notas, pero su cabeza sigue siendo la cabeza desesperada de un escritor, y tiene una media docena de ideas para novelas por día; de ellas, unas tres o cuatro son buenas y una de ellas, bastante buena. En los peores días, sólo son dos o tres buenas ideas y apenas una es realmente destacable. P. las desdeña todas, sintiéndose así más juicioso o menos ridículo. A veces, cuando ve su rostro reflejado en los escaparates de alguna tienda, se dice, con sorpresa: «No estoy escribiendo», y por un momento se siente victorioso, pero luego comprende que, si la ausencia de escritura le parece un triunfo, esto es sólo porque aún no se ha liberado del todo, porque su rechazo a escribir reemplaza al escribir como el centro de la experiencia. En una ocasión, se sienta en la terraza de un café y se propone no levantarse hasta recordar los tiempos en que no escribía, pero pasan las horas y no logra recordar absolutamente nada, como si a lo largo de su vida no hubiera hecho otra cosa que escribir. Una camarera le pregunta si desea alguna otra cosa pero él responde que no; tiene bonitas piernas y un rostro que sólo parece capaz de expresar dos actitudes: aquella de una gravedad risible con la que todo camarero parisino encara a su cliente, y otra más distendida, de una felicidad sin motivo, que es la expresión de las mujeres francesas cuando se les saca una fotografía. P. ha escuchado comentar que en algunas universidades existen cursos de «civilización francesa», dados preferentemente a extranjeros incautos que desean pasarse medio año hablando de quesos, y se pregunta si en esos cursos se hablará de la sonrisa francesa y se explicarán sus motivaciones y su fisiología. La camarera se detiene a unos pasos de él, mira en dirección a la calle con los brazos en la espalda, luego se da la vuelta y regresa al interior del café. P. la ve acercarse a un hombre que está detrás de la barra; ella dice algo en voz baja y el hombre asiente, entonces ella se mete dentro de la cocina y P. piensa que el hombre la seguirá en un instante, pero el hombre abre lentamente un libro en una página que estaba marcada con un mondadientes y comienza a leer. P. piensa entonces que, quizá, su incapacidad para recordar un momento en que no escribiera es sólo la de recordar un momento en que no leyera, puesto que ambas actividades parecen inseparables; pero, aún no pudiendo recordar algunas cosas, hay otras que P. sí recuerda, por ejemplo, que comenzó a escribir unos diez años atrás sin seguir modelos fijos, impulsado por una cierta falta. En su experiencia como lector faltaban los textos que él quería leer, que, por tanto, tenía que escribir él mismo. P. comenzó escribiendo cuentos, unas dos docenas de ellos, que tipeaba en una máquina de escribir portátil; de alguna forma, la perfección en el tipeado, la inexistencia de errores, le parecía un signo irrefutable de perfección literaria. Sus cuentos eran fantásticos, en casi todos moría alguien. Más tarde escribió una novela breve de trama tan complicada que a él mismo le costaba describirla. Sus cuentos eran publicados por un periódico de la ciudad con algo que P. no acertaba a comprender, algo que se parecía a la indiferencia pero que quizá era sólo desprecio o tal vez una manera contenida de alentarle. Una fundación le entregó los fondos para la publicación de su primer libro de cuentos, otra publicó una novela policial; en ambas ocasiones, P. se peleó con sus editores con palabras más o menos crudas, pero aprendió y se endureció y comprendió que la literatura era algo más que el mero acto de escribir y algo menos que una industria seria. Un par de libros después, comprendió que en su país un escritor joven era alguien que había cumplido los cuarenta poco tiempo atrás, y se dijo que aún le quedaban dieciséis años para que la industria lo tomara en serio, y pensó que en esos dieciséis años podían suceder dos cosas: podía salir todo bien y él podía convertirse en un autor de relativo prestigio, alguien que escribe libros y los publica y a veces escribe también para los periódicos, alguien con un auto y un perro y quizá hijos que se enferman de enfermedades por fortuna poco serias pero que hacen ver que cualquier problema literario es una nimiedad y algo en lo que no vale la pena pensar demasiado, o podía salir todo mal y él podía convertirse en alguien lleno de rencor, en alguien que envidia la suerte de los otros y a veces aún escribe en la cocina de su casa cuando su mujer y sus hijos duermen. P. evaluó ambas posibilidades y las dos le parecieron terribles, y pensó que tenía dieciséis años para desperdiciar su vida de la mejor de las maneras y luego ser un escritor joven en su país, así que se marchó; desde entonces, sus opiniones literarias ya no tienen ninguna importancia para nadie, salvo para él, piensa, y le gusta que así sea.

La camarera regresa de la cocina y atiende a una pareja de ancianos que tienen un perrito blanco, y P. piensa que se parece a una mujer que él ha conocido, una mujer que, en cada una de las ocasiones después de haber tenido sexo y mientras aún estaban echados en la cama, le contaba sus «problemas» con lujo de detalles, le hablaba de la vaginitis que a veces la afectaba, de la extraordinaria irregularidad de sus períodos menstruales, que oscilaban entre una duración de ocho a setenta días, de la vaginodinia y del vaginismo que a veces padecía –sin variantes, lo primero que hacía P. al regresar a su casa era tomar el diccionario y buscar todos esos términos– y de su extraordinaria facilidad para coger hongos, especialmente de la variedad *candida albicans*. P. se encogía de terror entre las sábanas cuando escuchaba esas historias, pero pensaba que debían ser importantes para ella y no le quedaba más remedio que escucharlas. Pensaba que eran historias que ella, por alguna razón, necesitaba contar, y esa necesidad, esa necesidad profunda e irracional, lo llenaba de asombro y de admiración, así que cerraba los ojos y escuchaba, asimilando como un alumno destacado la extraordinaria lección de literatura, la lección acerca del porqué y tal vez también del cómo de la literatura, que ella le daba a él invirtiendo los términos de su relación y de sus profesiones y que él se prometía, en silencio, no olvidar.

Nuestro novelista se pasa las mañanas en la Bibliothèque Nationale de France uniendo los fragmentos de la correspondencia amorosa del prócer de su país con la pegajosa sustancia de la novela histórica. Por las tardes visita museos intentando dar con P., quien ha estado ya en casi todos los importantes y, en cualquier caso, ya no tiene dinero para visitarlos más. Sus recorridos por esos museos se superponen con los que P. ha realizado antes, trazando de alguna manera las mismas líneas sobre el parqué; si alguien se interesara por hacerlo, y tuviera los medios para ello, podría comprobar que, sobre el mapa del recorrido de P. en, digamos, el Musée d'Orsay, se sobrepone el recorrido de nuestro novelista con escasísimas variantes, ínfimas diferencias que en nada afectan al hecho mismo de que dos personas con intereses afines, que prestan igual atención al *Desayuno en la hierba* de Manet y se detienen por igual cantidad de minutos en el mismo punto sobre el parqué frente al *Origen del mundo* de Courbet, no pueden, sin embargo, encontrarse.

En algún momento de sus recorridos por los museos el novelista deja de prestar atención a los cuadros con los que se topa para detenerse en los rostros de las personas que lo rodean, intentando dar con el de P.; ha pasado mucho tiempo desde la última vez que vio una fotografía de él, y supone que no es improbable que su rostro haya cambiado. Especula con variantes que podrían volver irreconocible a P.: una barba, un corte de cabello diferente, nuevas gafas. Por las noches, al meterse en su cama del hotel que ocupa en la avenue Kléber, las variantes de esa fisonomía imaginaria le impiden conciliar el sueño hasta muy entrada la noche; cuando duerme, sueña cosas como que el bigote de P. tiene tres metros de largo, como el de la estatua ecuestre de Vittorio Emmanuelle II que preside su monumento en Roma, cosas así, nada muy útil para la pesquisa.

Un día, mientras trabaja en la Bibliothèque, nuestro novelista contempla a unos vagabundos que toman el sol y decide –puesto que a la aparición de la idea le sigue de inmediato la decisión de creer en ella sin otro argumento que el de la inefabilidad de la propia, pedestre, imaginación literaria– que P. puede ser uno de ellos, y supone que se ha precipitado en una vida sórdida para acallar una conciencia que se debate entre lo que es correcto y razonable y aquello que es contranatura. Se trata de una idea vulgar, además de errónea –P. no es homosexual e, incluso aunque lo fuera, no tendría razones para serlo *sólo* en París–, pero arranca en el escritor un estremecimiento de placer al saber que él sí ha descubierto las razones de su desaparición de la escena; pero, como sea, lo lleva a pasar un par de noches en un local poco respetable de la rue Coustou, bebiendo whisky aguado y buscando el rostro de P. entre los de los hombres, casi todos iguales, que le echan miradas furtivas pese a la oscuridad del local. Un poco de la sordidez de esos sitios se impregna en el novelista como un perfume barato, por lo que incluso los más reticentes entre los habituales acaban aceptándolo. Una noche, un adolescente de aspecto enfermizo entra al local y, al verlo, comienza a gritarle. Nuestro novelista tiene dificultades para comprender lo que el adolescente le dice, pero entiende que éste le confunde con un cliente suyo que le ha pagado con «mercadería» mala por unas prestaciones en el Bois de Boulogne, un par de noches atrás. Nuestro novelista niega enérgicamente ser la misma persona, dice que el adolescente le confunde; éste hace una seña y otros dos adolescentes se levantan de una mesa. Nuestro novelista sale juiciosa, literariamente, corriendo.

En el largo invierno de su estancia alemana, P. sólo ha tenido un amigo. Era un tipo de Madrid que estudiaba también literatura, un joven quizá en extremo agradable, convencido de que lo que cualquiera «debe» hacer para obtener la felicidad es comer abundantemente, dormir tanto como sea necesario y acostarse con mujeres feas, convicciones, piensa P., ganadas a lo largo de decenas de guerras perdidas que han hecho del español un amante de las cosas simples y de sus escritores unos desgraciados. Sin embargo, el amigo de P. estaba también interesado por la literatura, en particular por la literatura del país que P. había abandonado, y a menudo discutía con él acerca de los autores de esa remota literatura. P. respondía con cortesía y aplomo pero también con una firmeza que esperaba hiciera comprender a su amigo que no tenía ninguna intención de seguir hablando sobre el tema. En ocasiones, el aprecio de su amigo por la literatura nacional del país de P. excitaba tanto a éste que, si estaban sentados en un café, P. comenzaba a hacer trizas todo lo que encontraba sobre la mesa, la consumición, el menú, lo que fuera, pero ni siquiera estas señales de fastidio conseguían disuadir a su amigo de que cualquier cosa era preferible a hablar de los escritores que le gustaban y de los que P. debía saber, imaginaba, debido a que provenía del país donde esos escritores vivían y escribían sus libros. En contrapartida, y sólo cuando esto era posible, P. interrumpía esas conversaciones para hablarle a su amigo de quienes eran sus escritores españoles favoritos, Rafael Cansinos-Assens, Rafael Sánchez Mazas, todos escritores de una mediocridad proverbial que tenían como finalidad hacer comprender al amigo de P. que era mejor cambiar de tema y hablar de cualquier otra cosa, incluso de los tres mandamientos del hombre español a los que su amigo adhería con entusiasmo comiendo y durmiendo y follando tanto como le era posible, que seguir hablando sobre literatura. Sin embargo, éste era su único amigo y los únicos amigos gozan de una tolerancia que otros amigos no obtienen.

Un poco antes de que comenzara el invierno, que en la ciudad alemana sucedía prácticamente sin transición al verano poniéndolo todo cabeza abajo, P. y su amigo fueron a conocer un pequeño pueblo llamado Duderstadt; tomaron el autobús y, unos veinte minutos después, descendieron en una estación vacía donde miraron un letrero que tenía una descripción de la historia del pueblo y un pequeño mapa y echaron a andar en dirección a la iglesia principal. El pueblo parecía vacío e intimidaba de la forma en que intimidan las construcciones que de repente parecen desprovistas de propósito; sin embargo, no producía miedo sino sólo aprehensión y tal vez un poco de tristeza. Entraron a la catedral, donde el organista se encontraba practicando y sus escalas inundaban todo el espacio que mediaba entre los techos altos de estilo gótico y los bancos repartidos en la nave principal. Después visitaron una fuente que representaba la división alemana del período comprendido entre 1945 y 1990. En ella, un hombre y una mujer corrían a echarse en brazos uno del otro pero un riacho –que justificaba el carácter de fuente del grupo escultórico– los separaba; por sus características, el espectador comprendía que ambas piezas, la del hombre y la de la mujer, habían sido cortadas del mismo trozo de roca y que existía cierta complementariedad, esto es, que si las dos piezas se unieran encajarían como las piezas de un rompecabezas, por lo que cabía decir que se trataba de una obra idealista o desinformada, ya que hacer encajar las dos piezas del puzzle alemán desvelaba al país desde hacía catorce años sin que pareciera haber ninguna solución a la vista. Entonces P. contó a su amigo que había leído un libro donde uno de los personajes era un creador de puzzles policiales; esto es, alguien que creaba, a menudo a través de collages pero también pintándolos, a un grupo de personas que se encontraban alrededor de un cadáver; quien armaba el puzzle debía encontrar la pieza que faltaba, que era precisamente la de la víctima. Quien deseaba jugar este juego debía ponerse en contacto con el artista de los puzzles, lo cual a menudo no era fácil, y pagar una suma bastante alta; a partir de entonces recibía una pieza por semana y, cuando sólo faltaba una, debía escribir al autor del puzzle diciendo quién era en su opinión el asesino. En ocasiones, la solución, recibida por correo tras una semana de inquietante espera ratificaba la opinión del comprador del puzzle, pero en ocasiones también la refutaba, dependiendo del humor del autor del puzzle y de su capacidad, por otra parte ilimitada, de crear tramas paralelas, de revelar detalles en esa última pieza que aparecían como flagrantes evidencias a lo largo de toda la escena. Entre quienes juegan a los rompecabezas, la fama del autor de los puzzles policiales era enorme, pero su nombre era completamente desconocido, contó P., aunque, luego de un instante de vacilación, reconoció que no recordaba ni el nombre del libro ni el del autor pero creía que éste era mexicano o catalán. Su amigo sugirió entonces que podía decirse que el autor era hispanoamericano. «No existe nada que puedas llamar "Hispanoamérica"», afirmó P. de forma tajante, y comenzó a caminar en dirección a la parada del autobús. Su amigo respondió con una pregunta: «¿No crees que existen autores que de alguna manera constituyen una nueva narrativa que se despliega en ambas orillas del océano y que se caracteriza por su comunidad de intereses?». P. estaba a punto de responder cuando un escaparate atrajo su atención; en él se encontraban exhibidos los más ridículos accesorios para el jardín que jamás hubiera visto: enanos del tamaño de un niño pequeño, ciervos grandes como hombres, una pantera de porcelana en actitud amenazante, coloridas flores de yeso en tiestos de cerámica, un Cristo sangrante con los brazos abiertos que quizá haría un excelente espantapájaros. Se preguntó quién compraría esas cosas pero también, y prácticamente al mismo tiempo, se dijo que esas figuras eran como la literatura de la que su amigo hablaba, triviales y a la vez meramente suntuarias; si las abres, pensó P., sólo encuentras lo mismo en todas, yeso que se deshace entre los dedos, yeso para disolver los huesos de los muertos y para hacerles estatuas. Entonces P. dijo: «Sí, creo que hay una comunidad de intereses en los autores de ambas partes del océano», y su amigo sonrió, feliz de que por primera vez P. estuviera de acuerdo con él; luego comenzó a llover.

Nuestro novelista busca a P. por todas partes, le busca en la Gare de Austerlitz, en la Avenue du Champs-Élysées, en la place de la Republique, le busca con una determinación tan rotunda que conmovería a cualquiera si tuviera conocimiento de ella y haría perdonar, quizá, alguno de sus libros, probablemente el menos malo, puesto que los otros son imperdonables. Quienes consideren que existe una superioridad ética insoslayable en quienes escriben bien sobre quienes escriben mal, sin embargo, quizá no perdonen a nuestro novelista, que busca a P. en una parte y en otra sin detenerse ni un momento, sin preguntarse si busca a P. sólo por P. o si, llegado a este punto, no lo busca más que nada por sí mismo, por justificar las horas perdidas, la exhibición de cobardía en el bar de Pigalle, por justificarse secretamente a sí mismo.

El padre de P. es un apasionado de los cementerios –decir aquí «admirador» sería quizá erróneo–, de modo que P. ha pasado toda su infancia visitando uno u otro, al punto de que ha acabado creyendo que su padre está mucho más cómodo entre los muertos que entre los vivos. Si lo piensa mejor, P. cree entender que su pasión por los cementerios es el producto de una curiosa afición taxonómica por clasificarlo todo de forma que su clasificación anule, o al menos vuelva más tolerable, la insoportable variedad e inconstancia del mundo. En ese sentido, los cementerios ofrecen la posibilidad de establecer «un mapa» en el que vidas por completo disímiles se integran y resultan así «rastreables» e indiferenciadas. P. comienza a recorrer cementerios en un homenaje irónico a la clarividencia paterna. Sin embargo, P. no es un turista convencional y no tiene ninguna intención de deleitarse con el obligatorio recorrido por las tumbas de celebridades más o menos olvidables, de modo que decide ver a quién «encuentra» si recorre un cementerio sin pretender encontrar a nadie en particular; de esa forma, la visita al cementerio se convierte no en la oportunidad de descubrir cuántos muertos hay enterrados en él sino cuántos muertos carga P. consigo. En Père-Lachaise, así, se topa con la tumba de Édith Piaf, con la de Gertrude Stein y Alice B. Toklas, las de Molière –enterrado de noche por ser considerado impío y víctima de la estupidez y optimismo de algunos críticos, quienes han querido creer que el pesimismo de *El misántropo* era el producto de la tuberculosis y no la opinión más sensata sobre el mundo– y Jean de La Fontaine, que se encuentran muy próximas, la de Théodore Géricault, las de Abelardo y su amante Eloísa, la de Camille Pissarro y la de Colette, pero no se topa con la de Marcel Proust ni con la de Oscar Wilde ni con la de Guillaume Apollinaire, que hubieran coincidido con sus gustos literarios, ni con la de Jim Morrison, que no lo hubiera hecho. En el cementerio de Montmartre no se topa con ninguna celebridad muerta pese a que sabe que allí se encuentran Émile Zola, el ya mencionado Stendhal, Hector Berlioz, Edgar Degas, Vaslav Nijinsky y François Truffaut. En el de Montparnasse se encuentra con las tumbas de Simon de Beauvoir y Jean-Paul Sartre, Eugène Ionesco, Serge Gainsbourg, Julio Cortázar –con lo que P. supone debe ser la figura de un cronopio– y Samuel Beckett, pero no da con las de Baudelaire, Tristan Tzara, Guy de Maupassant ni César Vallejo, que le interesan más. Cuando se detiene sin curiosidad a mirar las tumbas, P. piensa en sus muertos y en el mapa y espera con ansiedad el momento de encontrar su lugar en él, entre todos ellos.

Un día, el primer domingo del mes en el que tiene su tren de regreso al pueblo alemán, P. decide visitar el Musée du Louvre, donde no ha estado antes, aprovechando que la entrada es gratuita. Ese mismo día, sin saber esto último, nuestro novelista también decide visitar el Louvre. Nuestro novelista coge el metro en la estación Boissière, tras cambiar en la estación Charles de Gaulle Étoile, asciende unos minutos después en una de las bocas de la estación Palais Royal-Musée du Louvre; atraviesa el passage Richelieu y ocupa su sitio en la fila de personas que esperan su turno para entrar al museo. P., que ha dormido tan mal como todas las otras noches, llega unos veinte minutos más tarde y también ocupa su sitio en la fila. Nuestro novelista consulta más tarde un mapa del museo y se dirige hacia la colección de pintura flamenca de la segunda planta del ala Richelieu. Unos minutos después, P. echa una ojeada al mismo mapa y se dirige a la colección de artes del islam en la misma ala. Un par de horas después, nuestro novelista desciende hasta el entresuelo y cruza el hall subterráneo para tomar el ascensor que lo lleve a la colección de pintura italiana, en la primera planta del ala Denon; en algún punto, la fila de personas se vuelve más densa y la excitación hace presa de los presentes, al punto que nuestro novelista, que se suma a la fila sin saber qué sucede, da vuelta hacia el final del ala y se encuentra por unos instantes frente a *La Gioconda* de Leonardo da Vinci; la pintura está detrás de un vidrio y es difícil apreciar los detalles, incluso más difícil que ante una reproducción. Un guardia le grita que circule y nuestro novelista continúa en dirección a la sección de pintura española, que se encuentra desierta. P. visita la colección de antigüedades griegas y luego la de antigüedades etruscas y romanas, robadas por diferentes gobiernos franceses con extraordinaria previsión; se pregunta si el conocimiento de las convenciones artísticas de una época no acaba arruinando la sorpresa que su producto debería provocar; P. ha visitado decenas de museos en los últimos años y en todos ellos ha visto reproducciones romanas de estatuas griegas y éstas ya no le impresionan en absoluto. Nuestro novelista desanda el camino hasta las escaleras para visitar la colección de antigüedades etruscas y romanas que P. ya ha visitado. P. sube las escaleras para echar una mirada a la colección de cerámica griega de la primera planta; levanta la vista y ve, al final de las escaleras, la *Victoria de Samotracia*. Nuestro novelista ve, al comienzo de las escaleras, la *Victoria de Samotracia*; ambos se detienen un momento, igualmente fascinados. Entonces P. comienza a subir las escaleras. Nuestro novelista sigue al tope de las escaleras, contemplando la estatua, pero en un momento distingue entre los de los visitantes el rostro –ligeramente cambiado pero en absoluto deformado, como suele soñar– de P. Éste se encuentra de pie frente a la estatua; a su alrededor circulan los turistas pero él no se mueve. Tampoco se mueve una mujer a su lado. Tiene una edad indefinida, el cabello rubio hasta los hombros y muy alborotado. La mujer fija su atención en la estatua y se dibujan arrugas alrededor de su rostro y de su boca. Mira a P. como si deseara comentarle algo, pero P. no la mira. Nuestro novelista se dirige lentamente hacia él, como si P. fuera un animal que fuese a huir ante su presencia. Cuando está junto a él le dice: «Qué tal. Quizá me recuerdes». P. lo mira como si el otro le pidiera un favor objetable y luego continúa estudiando la estatua. Nuestro novelista espera un instante. Piensa: Su rostro es el de un desesperado; P. está desesperado, y se dice –aunque de forma confusa, sin acabar de comprender del todo lo que él mismo se dice– que, si pudiera, rescataría a todos los escritores desesperados, se quedaría de pie con los brazos abiertos en el campo de centeno y los atajaría para que nunca sintieran dolor ni desesperación. P. mira un instante más la estatua y le pregunta: «¿No cree que a este museo habría que reformarlo? Habría que meter en una sala esta estatua, la *Afrodita* llamada *Venus de Milo*, *La Gioconda* y el *Sarcófago de los esposos* y dejar que los turistas se metieran allí mientras el resto recorremos el museo a nuestras anchas». Se trata de una pregunta retórica, y nuestro novelista no responde nada; propone ir a alguna de las cafeterías del museo. Pregunta: «¿No quieres que vayamos a una de las cafeterías, P.?». «Se equivoca, no me llamo P», responde P. Nuestro novelista duda un momento, pero sin duda se trata de P.; a la semejanza física se suma el hecho de que están hablando en español y que el acento de P. es el de la región de donde ambos vienen. «¿Qué sucede contigo?», le pregunta. «Usted me confunde con otra persona», dice P. «No es posible», balbucea el novelista. P. lo mira y no responde nada. El novelista se dice: Dios mío, tiene veinte años menos que yo pero parece veinte años más viejo. «¿Le gustan los museos?», pregunta repentinamente P. Nuestro novelista asiente con entusiasmo y entonces el otro le mira directamente a la cara y hace un gesto de disgusto. «No tiene que mirar los museos con criterios estéticos; los museos son sólo el pasado», le dice. Por un instante ambos se quedan en silencio. En ese momento, P. piensa que por fin lo ha conseguido, que de alguna forma el pasado se ha reunido allí en las escaleras y que, cuando salga del museo –más aún, cuando abandone París para regresar a la ciudad alemana–, habrá dejado todo atrás. Entonces se da la vuelta y comienza a bajar las escaleras. Nuestro novelista le sigue un par de escalones, pero luego desiste, y, cuando P. echa una última mirada hacia atrás, le encuentra de pie a la mitad de las escaleras, sin saber adónde ir, detenido en un sitio, el pasado, que de alguna forma ya ha ido hacia alguna parte. En las escaleras del hall del museo, bajo la pirámide, espera que se libere un escalón para subir y entonces, cuando sube y la escalera mecánica lo eleva, se siente, por una vez, atravesado por la manifestación de una vida que no puede ser descrita con palabras, sobre la que nada se puede escribir realmente, y que le arrastra con ella hacia la salida.

DOS HUÉRFANOS

Das wertet dir die unsehbare Beute
Das wertet dir solches Wild und solche Jagd.

[Eso da valor a tus ojos a la presa invisible, eso da valor a tus ojos a semejante pieza y a caza tal.]

FRANZ VON KOBELL *Jagd-und Weinlieder*
[«Canciones de caza y vino»] (1889)

No sentía nostalgia por los bosques oscuros, habitados por jabalíes, que había conocido en su juventud, durante las excursiones dominicales en las que el mayor placer y el mayor atrevimiento imaginables consistían en rozar las rodillas de una compañera de clases con la excusa de que el automóvil era muy pequeño, sino por un paisaje desolado que –puesto que su país se había limitado a olvidarlo todo, con un culpable encogimiento de hombros que siempre fue para él como una escupida en el rostro, suyo y de su padre y de todos los muertos durante los bombardeos– le pertenecía solamente a él, enriquecía una geografía personal que en nada se correspondía con los mapas que podían verse en Alemania, puesto que, para él, el país que se llamaba Alemania había terminado, había desaparecido de la faz de la tierra como un paraguas que en un día de tormenta es arrebatado de las manos y da un giro o dos en el aire y luego se pierde en la densa, sólida, pared de agua que, sin interrupciones, une momentáneamente el cielo con la tierra, el día en que terminó la guerra, o, mejor aún, el día que subieron los nazis al poder y aquello que había sido Alemania para su padre y para el padre de su padre, la idea que justificaba la existencia de un país entre las amplias fronteras que recorrían la llanura rusa y que cortaban los valles franceses, se convirtió en otra cosa, en un país en el que sólo la estupidez y el odio prosperaban. Ese paisaje personal era, aunque profundamente desolador, modesto si se lo comparaba con el de otros que había conocido y que habían sobrevivido a la guerra desangrándose los pies en las líneas del frente oriental o recogiendo con unas palas los cadáveres calcinados luego de cada bombardeo a una ciudad alemana, y era, en cierta forma, una tontería de la que no valía la pena hablar –por lo que él con gusto no hablaría de ello, decía– pero, a la vez, constituía la escena del único acontecimiento de la guerra que le importaba realmente, tantos años después y tan lejos. Era como las cosas que recuerdan los viejos, me dijo: un capricho, pero un capricho que lo justificaba todo.

El paisaje único de esa geografía personal era el de una calle de Dresde, durante un bombardeo. En algún momento de alguna de esas interminables horas de explosiones y llanto y gritos –horas olvidadas luego completamente por los alemanes, como si los escombros con los que reconstruyeron sus casas o las palabras que durante esas horas se decían pertenecieran a un pasado remoto, previo a su llegada a esa tierra que pretendían enmendar–, se asomó a la ventana del sótano en que se encontraba sólo para ver esto: que un perro aullaba en el medio de la calle y que un soldado, que surgió de una casa frente al refugio, se acercó rápidamente, hasta estar casi a su lado, y a continuación, como si se trataran de dos escenas diferentes, de dos escenas que habían sido superpuestas por un montajista sádico, vació el cargador de su pistola sobre el animal; pero el perro no murió, sino que comenzó a gemir, temblando, echado sobre el charco que formaba su propia sangre, intentando levantarse a veces sin conseguirlo, definitivamente solitario en el medio de la calle sobre la que caían los escombros de los edificios sin tocarlo, y él, que, aunque sólo era un niño, deseaba acabar con el sufrimiento del animal, quiso acercársele, pero se lo impidió un vecino que también había buscado refugio en el sótano y que lo retuvo para que no saliera a la calle, a convertirse en otra víctima de esa guerra insensata, y él tuvo que quedársele mirando, asistir a toda la agonía del animal, que ya no gemía pero temblaba, con los ojos desorbitados bailándole en las cuencas blancas, un largo rato así hasta que el bombardeo terminó y, casi al mismo tiempo, el perro dejó de moverse.

Mucho tiempo después se preguntó, como tantos otros, por qué Dresde; intentó explicarse sin resultado por qué había sido su ciudad la más bombardeada, una ciudad comercial sin importancia alguna, de la que los nazis se habían marchado hacía meses o en la que –aunque éste era un pensamiento que sólo pocas veces se atrevía a expresar para sí– todos eran nazis tan sólo por el hecho de que los nazis eran alemanes y no otra tribu que hubiera ocupado el país y fuera a ser desplazada por los alemanes al final de la guerra, una ciudad alemana en una época gobernada por los nazis y, por tanto, una ciudad a la que –en honor a la verdad, decía– tal vez no hubiera correspondido bombardear, una ciudad en la que se debía haber asesinado a los habitantes, uno tras otro y sin excepciones, si es que eran culpables, para que el azar no pudiera salvar a alguno como él o a cualquier otro.

Lo que suele llamarse «vocación» es a menudo la resignación a un mandato familiar como a él le gustaba decir, me dijo bajo el sol brutal, casi como un desafío a las circunstancias, y agregó que él no había tenido vocación, sino la férrea decisión de dejar Dresde para estudiar veterinaria en Munich, y aclaró que en Munich porque representaba todo lo que Alemania había sido para su padre y el padre de su padre y lo que ya no podría ser jamás, aunque esa convicción no la tenía en los años despreocupados del estudio, cuando las excursiones a las afueras para ver los jabalíes y el roce de las rodillas de la compañera de clases en el automóvil, eran un paliativo suficiente de lo que parecía haber quedado atrás, de las humillaciones y de los años de la guerra.

Aunque la historia podía contarse de otra manera –por ejemplo, podía contarse completa–, él prefería la concisión, decía, y contaba que había trabajado durante años en el zoológico de Munich, realizando las estúpidas tareas burocráticas que se le asignaban, con una resignación semejante a aquella con la que aceptaba todo lo que sucedía a su alrededor: la sucesión de gobiernos, los problemas del otro lado del Muro, las alianzas políticas en ese país que ya no era el suyo ni el de su padre ni el del padre de su padre sino dos países diferentes o ninguno, un país que volvía a militarizarse y practicaba con otros lo que le había sido hecho; esto así durante décadas, hasta que alguien le habló de los campos de la Fundación en la Argentina y a él le pareció, aunque jamás lo diría, que ese lugar era tan bueno como cualquier otro para proteger esa geografía personal compuesta por una calle cualquiera de una ciudad alemana en ruinas. No tomó demasiados recaudos; con indolencia, como si no le importara demasiado, asistió a algunas clases de español, se despidió de sus colegas y se marchó en un barco que dejó atrás, en Hamburgo, el lugar que en su opinión ya no era Alemania sino el monótono paisaje de los despojos.

Los campos de la Fundación estaban al margen de un pueblo minúsculo en la provincia argentina de Santa Fe y eran por completo salvajes, lo que era absolutamente necesario para el proyecto que debía llevarse a cabo en ellos. Él, primero, construyó una casa en el pueblo, concebida por él de manera deliberada sin ningún elemento que la caracterizara como la casa de un alemán, en una maravilla de emulación que en nada se parecía a la soberbia con la que muchos extranjeros, y los alemanes en particular, se instalaban en los pueblos argentinos, más interesados en el cultivo de una memoria compuesta por recuerdos ficticios de un país idealizado –de un país que, por casualidad, acababa siempre pareciéndose demasiado a Baviera– antes que en integrarse a la población nativa.

Él, sin embargo, hizo esfuerzos durante meses para confundirse con ellos, para ser uno más de los pobladores que miraban sorprendidos las excentricidades de un alemán que tenía una enorme extensión de campo cultivable y no la sembraba, que se pasaba días completos poco más que mirando pájaros, anotándolo todo en cuadernos de espiral con un lápiz minúsculo que llevaba en el bolsillo izquierdo de su camisa azul de trabajo, junto a las gafas y a unos papeles que nadie podía leer ni quería.

Primero tuvo ñandúes, una colonia de doce que, en la primavera siguiente, se convirtieron en catorce, pero que un grupo de cazadores redujo a tres en una noche. No hizo averiguaciones sobre la matanza, que pareció aceptar de la misma manera en que lo aceptaba todo, pero se negó a vender el cuero y las plumas de los ñandúes muertos, como le habían propuesto, y los dejó donde habían caído para que los pájaros de rapiña se los comieran. Un año después supo que una pareja de pumas rondaba el campo. En largos días de calor los acechó, esperó que fueran a beber al estanque que se encontraba en el centro del campo de la Fundación para fotografiarlos, para calcular sus medidas a ojo. Y, aunque los pumas prosperaron en tanto nadie supo de ellos, pronto acabaron marchándose o también los mataron.

Un día recibió una carta de la Fundación diciéndole que daban por terminado el proyecto, que debía volver a Alemania. Durante un par de noches, noches de verano que a él le parecieron heladas, pensó en renunciar para quedarse en el pueblo, en una solución que le permitiera seguir rondando el campo para cuidar de los animales. En una noche redactó una carta formal en un alemán probablemente anticuado, un alemán que era sin duda más propio del pasado que del presente, el idioma de un país que ya no existía y que él odiaba, quizá a sabiendas de que ese odio no era más que asco y pena y miedo por él mismo y por su padre y por los muertos de la guerra, pero nunca la envió. En la Fundación, simplemente, se olvidaron de él. Y él, que se creyó por primera vez libre de todo vínculo con Alemania, se dedicó a beber para celebrar su victoria.

Yo lo conocí cuando llevaba tres años de celebración casi ininterrumpida de ese modesto triunfo, haber sido olvidado en Alemania. Era tanta la cantidad de vino que bebía que temí que no pudiera sacar nada en limpio de él, ni una línea para el artículo que me habían asignado y que yo no tenía demasiado interés en escribir, aunque debía. En el bar del pueblo, un rato antes de encontrarme con él, me dijeron que el alemán tenía tesoros enterrados en la casa, que el tesoro de los nazis que había llegado en submarinos estaba oculto en la casa, y que por eso el alemán no trabajaba su campo, pero yo sonreí y no dije nada. Hoy me arrepiento de no haberlo negado todo en ese momento. Para entonces, él había rescatado un oso mielero, que unos pobladores habían encontrado cuando tenía el tamaño de la palma de su mano, dijo extendiendo su palma blanca sobre la mesa del bar, y que ahora era un ser apenas algo más bajo que un hombre y un poco ridículo con su largo hocico que metía en todas partes, y con el temperamento de un niño de tres años. Él quería enviarlo a un zoológico de Alemania, de ese país que ya no existía, y que para mí, y probablemente también para él, era poco más que un nombre, pero había problemas burocráticos, la clase de inconvenientes que hubiera solucionado si hubiese tenido el dinero suficiente para sobornar a todos los funcionarios que se le pusieran delante, como hacía todo el mundo en Argentina, pero no tenía ese dinero o, si lo tenía, como me habían dicho en el bar, estaba escondido en algún lugar de la casa y él no pensaba usarlo.

Una semana después de publicado mi artículo recibí una llamada del alemán en la que me contó que finalmente, de alguna manera, se había solucionado el problema del oso mielero, que viajaba en avión rumbo al zoológico de Friburgo de Brisgovia, donde había una hembra y podría reproducirse; si esto era motivo de alegría, para él también lo era de pesar, creí entender, porque había vuelto a quedarse solo. Fui a visitarlo un mes después pero el pesar por la pérdida del oso mielero

–si había existido– ya había pasado: le habían dejado a su cuidado un cervatillo. El cervatillo era probablemente el primero que se había visto en diez años en la región, su especie estaba casi terminada, él la había tachado durante nuestra charla en el bar con un gesto en el aire demasiado aparatoso pero muy gráfico, y él se ocupaba de aquel cervatillo huérfano como si fuera un niño: lo alimentaba, lo abrigaba y cuidaba de él como lo que era, la última gema de una cantera que hace mucho se ha agotado.

No supe más de él durante algún tiempo, pero volví a escuchar su nombre un día. Unos ladrones habían entrado una noche a su casa en busca de los tesoros de los nazis y le habían disparado cuatro tiros en el estómago. Echado en su sangre, pudo ver todavía que el cervatillo lo miraba estupefacto, como si, de alguna manera, aquella escena, que constituía la única, me había dicho, que le importaba recordar de Alemania, se repitiera de manera invertida. Con un gesto brusco, el último gesto que haría, apartó al cervatillo, y éste se lanzó a correr hacia el campo. Un cervatillo es poco menos que un niño. Al darse la vuelta para mirarlo, para echar una ojeada a ese huérfano sin patria que lo salvaba, no reparó en el rifle que le apuntaba, y, un momento después, hombre y animal, los dos huérfanos, dejaron de respirar al unísono.

CONTRIBUCIÓN BREVE A UN DICCIONARIO BIOGRÁFICO DEL EXPRESIONISMO

–¿Usted sabe quién fue Jorge Luis Borges?
–Sí, ¿no fue el que escribió *El Quijote*?

Un profesor y su alumno de filología románica; Universidad «Georgia-Augusta», Göttingen, Alemania, febrero de 2007

Bählamm, Balduin (Hirschberg, 11/5/1896 - Saint-Gond, 9/9/1914). Una mañana de setiembre de 1914, presumiblemente la del siete y aproximadamente a las diez, el soldado raso del tercer ejército del Reich alemán destinado a la orilla del Marne y poeta expresionista de dieciocho años de edad B. estaba tomando apuntes en la trinchera cuando notó que una gota había manchado el extremo derecho de la página impar de su cuaderno; como contaría después, B. supuso que había comenzado a llover y protegió el cuaderno con una mano mientras continuaba escribiendo. Unos minutos después comprobó que la mancha no era de agua sino de sangre, que corría por todo el costado derecho de su cara y caía desde ella sobre el cuaderno, y, naturalmente, perdió el conocimiento; cuando lo recuperó, se encontraba en un improvisado hospital de campaña, donde un enfermero le informó de que el costado derecho de su cara había sido completamente destrozado por las esquirlas de una explosión. Esa noche, B. asistió a una escena con probabilidad no muy diferente de la de la muerte de Hans → Leybold y que, curiosamente, el poeta expresionista Georg → Trakl presenciaría también, cuatro días después pero en la batalla de Gródek, en la Galicia Oriental: ante la falta de médicos y medicinas, un herido se disparó una bala en la sien ante sus ojos. No fue una escena poco habitual durante esa guerra, pero afectó a los tres escritores de forma muy diferente: a Leybold lo liberó de un infierno, a Trakl lo llevó a intentar y tal vez a conseguir suicidarse, a B. le hizo desear vivir. Según un testigo, un sacerdote protestante del que más tarde hablaremos, el escritor atribuyó el no haber notado que había sido herido a que en el momento de la explosión se encontraba escribiendo, agregó con optimismo que a su recuperación contribuiría decisivamente su determinación de acabar la obra en la que se encontraba trabajando –no mencionó cuál era– y que su convalecencia sería breve. B. se equivocaba en cuanto a lo primero pero no a lo segundo, ya que su convalecencia fue efectivamente breve: tres días después de caer herido, murió de lo que al parecer fue una trombosis. Su cuerpo fue enterrado rápidamente en una fosa común, quizá junto al suicida y –no es imposible– a alguno de los lectores de las revistas en las que sus poemas habían aparecido, todos reunidos en la muerte que los expresionistas, y entre ellos el propio B., habían cantado y promovido. Su familia mandó poner una cruz con su nombre en el cementerio de Hirschberg, en la Baja Silesia, donde el escritor había nacido y se había criado. La cruz sigue allí. Aunque es cierto que la determinación de acabar la obra en la que se encontraba trabajando no fue tan fuerte como para mantenerlo con vida –de lo que se desprende la verdad lamentable de que ninguna obra literaria puede mantener con vida a nadie, ni siquiera a su creador–, también es cierto que la tarea a la que esa determinación se inclinaba era absurda y, por lo tanto, sólo podía quedar inconclusa: B. quería escribir el *Fausto* de Johann Wolfgang von Goethe, palabra por palabra y sin copiarlo. Naturalmente, no quería reescribirlo, lo que para cualquier escritor alemán hubiera sido una insensatez y un insulto a la memoria de su autor, o escribir una secuela, cosa que hubiera sido inútil, o una

como el cuento de Borges

parodia, una idea que hubiera repugnado a B. pero agradado mucho a los académicos futuros, sino simplemente escribir dicha obra de la misma forma en que Goethe lo había hecho, sentándose a acumular versos durante treinta y seis años (1770-1806), o sesenta y uno si se considera también la segunda parte, acabada en el verano de 1831, aunque, en realidad, Goethe no trabajó en ella más que durante los últimos seis años de ese período, de 1825 a 1831. Se trataba, pues, de escribir el *Fausto* como si éste no hubiera sido escrito nunca –B. habla en sus notas más bien de «tenerlo en mente como una visión fugaz o un sueño que no puede recordarse, con la certeza de que su perfección se ha perdido y es irrecuperable»– y sin ser Goethe, sin gozar de las prebendas y de los privilegios no sólo económicos de los que Goethe gozó en vida, pero, particularmente, sin ser Goethe, lo que, naturalmente, era una gran desventaja, y quizá la más grande, ya que, en la concepción de la literatura de escritores como B., ésta no es el producto de circunstancias históricas específicas sino del talento individual –del genio, para decirlo en palabras de la época–, del que quizá B. se supiera carente. Nacido el once de mayo de 1896 en Hirschberg –donde nueve años antes había nacido Georg → Heym, también expresionista–, B. era el cuarto y último hijo del segundo matrimonio de un padre despótico que vendía productos de cuero a terceros. Su padre le obligó a abandonar la escuela cuando tenía quince años y lo ubicó como aprendiz en uno de los talleres de su propiedad, del que el futuro escritor escapó a los cuatro meses. Unos días después debió regresar a la casa, denunciado a su padre por los familiares entre los que había buscado asilo. Su padre ofreció entonces permitirle completar la escuela a cambio de que B. renunciara a su participación en la empresa familiar a favor de sus hermanos y B., para quien la libertad parece haber sido más importante que el medio más habitual para obtenerla, aceptó el trato y acabó los estudios en 1912. El escritor Franz → Jung, quien lo conocería más tarde tan íntimamente como podía conocérsele –lo cual era, de todas formas, más bien poco–, afirma que tenía intenciones de comenzar los estudios de medicina y que fue esto lo que lo llevó a trasladarse a Berlín al terminar la escuela. El también escritor Curt → Corrinth, por su parte, le dijo en cierta ocasión a la poeta Else Lasker-Schüler que B. le había confesado que al marcharse a Berlín sólo pretendía escapar de su padre. Quizá ambas versiones tengan fundamento, ya que sus razones son complementarias, pero B. nunca se inscribió en la universidad ni llegó a comenzar los estudios. Fuera para ello o para escapar de su padre, B. llegó a Berlín en noviembre o diciembre de 1912 y alquiló una habitación en un edificio del actual barrio de Kreuzberg, en una de cuyas fábricas comenzó a trabajar como aprendiz. Desde ese momento y hasta octubre de 1914, desarrolló una actividad febril, escribiendo sin pausa poemas, piezas de teatro de uno o dos actos y tres novelas –*Erde* [«Tierra»], *Kreidekreis* [«El círculo de tiza»] y *Am Schlachthof* [«En el matadero»]– cuyo exceso de comparaciones entre elementos incompatibles, predilección por los aspectos más sórdidos de la sexualidad y de la vida urbana, gramática errónea y sintaxis equivocada le granjearon las simpatías de los expresionistas, un grupo de escritores que no se veía como grupo y cuya narrativa pretendía expresar un desgarramiento interior y un desamparo trascendental que quizá no fueran sólo una postura estética para B. Jung dice no recordar en qué circunstancias lo conoció o cuándo se sumó al círculo expresionista. En contrapartida, recuerda otras cosas, que quizá digan más sobre el escritor que una o dos fechas: que llevaba siempre la misma corbata, que no sacaba sus manos de los bolsillos del pantalón ni siquiera cuando se sentaba, como si siempre tuviera frío, que, aunque tenía una voz suave, solía leer sus poemas a los gritos, lo que agradaba mucho sobre todo a Hugo → Ball, que solía dar paseos con Alfred → Döblin –lo que quizá confirme su interés por la medicina, ya que Döblin era médico y tal vez lo aconsejara– y que nunca bebió nada en presencia de los otros expresionistas, excepto un vaso de agua el doce de agosto de 1913. Quizá por su pobreza y su indefensión o por su juventud –B. era un adolescente y los expresionistas, con su «rebeldía revolucionaria» y su interés en el enfrentamiento entre padres e hijos y en la locura y lo irracional en oposición a la razón práctica, son los eternos adolescentes de la literatura alemana–, pero quizá también por la calidad de su producción literaria, B. fue campeonado por los miembros del grupo. Franz → Pfemfert lo publicó en dos ocasiones en la revista *Die Aktion* y más tarde editó la novela *Erde* en la colección Bücherei Der Rote Hahn [«Librería del gallo rojo»], Max → Reinhardt recomendó la publicación de una de sus piezas de teatro –*Mädchen unter Japanschirm* [«Chica bajo sombrilla japonesa»] (agosto de 1913)– en *Das Junge Deutschland* y el equivocado Herwarth → Walden publicó entre 1912 y 1914 once poemas suyos en *Der Sturm* [«El ataque»], las tres, las publicaciones más importantes del grupo. El pintor Max → Beckmann lo retrató en «Die Nacht» [«La noche»] (1918-1919), el belga Emile Othon → Friesz, que lo conoció en una visita a Berlín, pintó un retrato que la crítica ha considerado erróneamente como el de Fernand Fleuret, y el poeta Alfred → Lichtenstein le dedicó un poema de su libro *Die Dämmerung* [«El ocaso»] (1913). Sin embargo, aunque B. comenzó la que podemos llamar hiperbólicamente «su carrera literaria» escribiendo poemas expresionistas, pronto mostró inclinaciones clásicas que dividieron las aguas entre los miembros del grupo y acabaron desalentando a quienes habían visto en él a un compañero de ruta. Se puede decir ahora que su interés por los clásicos –inconcebible para los expresionistas, cuya estética de la fealdad estaba destinada a atentar contra las concepciones clásicas y burguesas de poesía y, de forma más general, contra la forma de ver el mundo de esa clase social– era, entre tantos iconoclastas, un rasgo involuntario de malditismo, y puede que algunos lo hayan entendido también así; pero la mayor parte de los expresionistas le dio la espalda tan pronto como B. manifestó tímidamente sus simpatías literarias: su primer libro de poemas, *Das Prinzip der Diskontinuität* [«El principio de la discontinuidad»] (1913), publicado poco antes de que las cosas con los expresionistas se estropearan, se componía de poemas inscribibles en el primer expresionismo aunque con una curiosa predisposición por el metro clásico que nadie pareció tenerles en cuenta. Sus temas, por lo demás, eran claramente expresionistas: la desesperación, la tristeza y la convicción de que el fin de los tiempos estaba cerca, y el crítico Kurt → Pinthus opinó de ellos que pertenecían al «barroco fecal», lo que, probablemente, haya sido considerado en su momento un elogio, y hoy ya no. En su segundo y último libro de poemas, *Die Milde eines Winters* [«La templanza de un invierno»] (1913), los poemas expresionistas alternan con otros de impronta clásica, como si su autor dudara acerca del camino a seguir y quisiera exponer al lector dos versiones posibles de sí mismo; de hecho, el volumen incluye dos versiones, una expresionista y otra razonablemente conservadora, del poema «Kreislauf» [«Circulación»]. En este volumen, la falta de originalidad y cierta desaprensión que muestran los poemas expresionistas –el título del volumen es una variación del libro de Johannes R. → Becher *Die Gnade eines Frühlings* [«La clemencia de una primavera»] (1912) y el del poema mencionado arriba es una copia del de uno de Gottfried → Benn, quien, por cierto, rechazó explícitamente los temas de Goethe calificándolos de «banalidades burguesas»– hacen pensar que su autor, incluso sin saberlo, había decidido ya abandonar el expresionismo. No sabemos con exactitud cuándo tomó esa decisión; no hay ningún dato al respecto entre sus papeles y la fuente más obvia para estudiar este aspecto, su correspondencia, no puede ser consultada. Sabemos que el autor mantuvo un intercambio epistolar relativamente abundante con dos personas durante su estancia en Berlín, su madre y una mujer emparentada con la nobleza prusiana a la que B. había conocido en su breve huida de la casa paterna. Se desconoce qué sucedió con las cartas enviadas a la madre, pero sí se sabe que las cartas destinadas a la otra mujer se quemaron junto con su destinataria en el incendio de un hotel en Leipzig, el dieciocho de julio de 1920. Quizá acceder a esas cartas hubiera sido, de todas formas, inútil, ya que lo más probable es que B. nunca fuera consciente de su ruptura con los expresionistas y viera la literatura alemana como una tierra baldía en la que no había fronteras entre clasicismo y vanguardia, o pensara que la literatura alemana era solamente sus libros, que podían ser ordenados de derecha a izquierda o de arriba a abajo o del pasado al presente o de cualquier otra forma sin que nada de eso importara mucho. Según Heinrich → Mann, cercano también al círculo expresionista, la idea de escribir el *Fausto* podría provenir de una conversación sobre Goethe mantenida en setiembre de 1913, a la que habría seguido otra, algunos días después, en la que B. le informó que había comenzado a escribir el *Fausto*. Mann tomó a B. por loco y reaccionó con una hostilidad que los años que mediaron entre la conversación del otoño de 1913 y la redacción del borrador autobiográfico en el que narra la escena quizá hayan atemperado. Sabemos de otras reacciones más virulentas: al enterarse, August → Stramm afirmó que B. era un farsante y que cuando lo viera le rompería la nariz, y A. → Lichtenstein escribió sobre el suceso un poema satírico del que sólo conocemos una línea gracias a la novela de Gustav → Sack de inspiración autobiográfica *Ein verbummelter Student* [«Un estudiante descuidado»]. El poeta Reinhard Johannes → Sorge intentó defenderlo, pero el editor comunista Wieland → Herzfelde le quitó el sombrero de un cachetazo y sólo se calmó con la intervención del psicoanalista Otto → Gross y de G. → Benn. Entre quienes tomaron a B. por loco puede que haya estado incluso el mismo B., quien se encerró a trabajar en la redacción del *Fausto* y precipitó así su ruptura con los expresionistas. Es posible, además, que realmente estuviera loco, al menos durante esos meses, y no loco por desear escribir el *Fausto* sino loco de hambre y de frío y, principalmente, de frustración, ya que su problema –al menos como puede inferirse de los borradores de ese período que se han conservado– era que lo que escribía no parecía salir de la fuente de inspiración de la que surgieran los versos de Goethe sino de la memoria, que aún los retenía, y que su *Fausto* era igual al

Fausto de Goethe. B. se dedicó durante varios meses a boicotear esa memoria desmembrando los versos originales, cambiando de lugar primero sustantivos y luego verbos hasta que las frases eran incomprensibles, y obligándose a aprenderlas de esa forma. Quizá haya algo heroico en el hecho de que un hombre que amaba con tanta intensidad una obra literaria se dedicara a destrozarla de esa forma, desfigurándola y escribiendo parodias obscenas de ella. Su ejemplar de la obra de Goethe, que se conservó junto con su cuaderno de notas gracias al sacerdote protestante del hospital de campaña –que, curiosamente, era también vecino de Hirschberg, y entregó ambos a los padres del escritor tras la guerra–, es casi ilegible por los tachones y los insultos y obscenidades que B. escribió a lo largo del libro. Es posible que el proceso fuera doloroso e insensato, pero resultó eficaz, porque, en algún punto de sus borradores, B. parece finalmente haber olvidado por completo el *Fausto*. En ese punto, su *Fausto* deja de ser igual al *Fausto* de Goethe y, en su similitud, narra una historia que es la misma pero radicalmente diferente, una historia que surge de la idea portentosa –exactamente igual a la que tuvo Goethe y, por eso mismo, radicalmente novedosa– de que un hombre de ciencias que, tras trazar un balance de su vida, admite que su ciencia es inútil y su vida un desperdicio, promete su alma a Mefistófeles a cambio de que este alivie su insatisfacción e inquietud. B. no fue un imitador, puesto que no quería imitar a Goethe sino escribir su obra magna, y esto contra las burlas de sus contemporáneos y el desprecio de quienes lo rodeaban, y pagando un precio que era el ridículo y el aislamiento y la miseria. Sus esfuerzos son anteriores en veinticinco años al relato de Jorge Luis Borges «Pierre Menard, autor del Quijote» que, por lo demás, es una ficción, mientras que la historia de B. no lo es. Quizá B. supusiera simplemente que toda gran obra de arte –por el caso, todo gran libro– no ha sido creada para empobrecer el mundo sino para enriquecerlo, y creyera que la existencia de una determinada obra no debería ser un impedimento para escribir esa misma obra, ya que la coincidencia de absolutamente todas las circunstancias de escritura y todas, absolutamente todas, las circunstancias de lectura es banalmente imposible. Quizá B. pensara que la existencia del *Fausto* no era un impedimento para la escritura del *Fausto*, sino su estímulo, y que eso es precisamente lo que hace grandes al libro y a su autor. Su proyecto de escritura del *Fausto* parece divergir del expresionismo pero, en cierta forma, es su conclusión porque con él B. se lanzó al fondo del abismo de la literatura, que es el abismo al que ningún escritor respetable se ha asomado nunca y que los expresionistas quizá intuyeron y tal vez desearon y en el que se precipitaron sin remedio. Su interés en la locura y lo irracional los llevó a apoyar la guerra, a anticiparla y a desearla. En ella murieron los pintores August → Macke (1914) y Franz →Marc (1916), los poetas Albert → Weisgerber (1915), A. → Lichtenstein (1914), Gustav → Sack (1916), Ernst → Stadler (1914), August → Stramm (1915), H. → Leybold, y Ernst Wilhelm → Lotz (1914), el cineasta Stellan → Rye (1914) y el compositor Stephan → Rudy (1915). Los escritores Ernst Ludwig → Kirchner, Carl → Einstein, Ernst → Weiss y Richard → Oehring y el escultor Wilhelm → Lehmbruck se suicidaron poco después de participar en ella; a los otros miembros del círculo que sobrevivieron –los pintores Egon → Schiele y Bohumil → Kubista, y al escritor Ludwig → Rubiner, entre otros– los mató la así llamada «gripe española», y al resto, los nazis. Quizá en su último gesto expresionista, B. se alistó voluntariamente al estallar la guerra, mientras aún trabajaba en el *Fausto*, y acabó en los pantanos del Marne muriendo con lo que imaginamos fue sorpresa e indignación de que sus fuerzas disminuyeran y su hado se tornase contra él justamente cuando más cerca se encontraba de alcanzar su cometido, que era fundirse definitivamente con el autor y el libro que más amaba. En los archivos que se conservan en la Militärgeschichtliche Forschungsamt [Oficina de Investigación de la Historia Militar] de Postdam se encuentra su legajo, que es escueto y poco interesante, excepto por el hecho de que en agosto de 1914 se le abrió un proceso por violar a una mujer belga durante la ocupación de Bruselas. A B., a quien no se le conoce por lo demás amistad femenina ni interés sexual alguno, la acusación le queda ridícula, como un traje demasiado grande, pero –finalmente– puede que sea verdad: las violaciones no fueron poco habituales durante esa guerra, y puede que B. sintiera la necesidad de apoderarse de una mujer de la misma forma en que se había apoderado del libro de Goethe. Un libro posible sobre los escritores que sirven a otros de inspiración y consuelo, esto es, un breviario laico para escritores en forma de breve diccionario biográfico o no sobre escritores cuya vida no parece haber sido empleada en escribir literatura sino en serlo ella misma, no debería ignorar a B., ya que este gozó de la gloria secreta e inútil que es, triste y ridículamente, todo a lo que un escritor puede aspirar pero también padeció la humillación y el aislamiento, que son su precio. Quienes lo despreciaron tampoco escribieron grandes cosas, y la literatura alemana los ha olvidado, como se olvida a los inútiles. El *Reclams Lexikon der deutschsprachigen Autoren* [«Diccionario Reclam de los autores germanoparlantes»] de Volker Meid (2001) sólo menciona a algunos, los menos irrelevantes; tampoco aparecen en la *Kleine Geschichte der deutschen Literatur* [«Pequeña historia de la literatura alemana»] de Kurt Rothmann (2005), y las fuentes para conocer sus hechos sólo son el libro de Otto F. Best y Hans-Jürgen Schmitt *Die deutsche Literatur: Ein Abriss in Text und Darstellung. Expressionismus und Dadaismus* [«La literatura alemana. Un resumen en texto y descripción. Expresionismo y dadaísmo»] (2003) y, especialmente, el *Lexikon des Expressionismus* [«Diccionario del expresionismo»] de Lionel Richard. Naturalmente, los manuales tampoco mencionan a B., pero esto se puede justificar fácilmente teniendo en cuenta el hecho de que éste dejó su obra maestra incompleta e inédita; su aparente fracaso, sin embargo, no fue tal. En su cuaderno de notas, que se conserva en el museo local de Hirschberg, en una sala por lo demás mal iluminada y que los escasos visitantes al museo tienden a eludir, se contabilizan sesenta y cuatro comienzos del segundo libro del *Fausto*. Uno de ellos es exactamente igual al comienzo del libro de Goethe. Al parecer, B. comprendió que lo había conseguido e hizo una larga anotación al margen, que en la actualidad resulta ilegible debido a una mancha. Quizá lo que llamamos la vida de una persona sea su propia obra, y en ese sentido, tal vez en la biografía de B. –que parece haber sido confeccionada con fragmentos de las vidas de todos los otros expresionistas, y que se continúa en la de ellos hasta desaparecer– pueda encontrarse una cierta parábola, si no de la humanidad, como en el *Fausto*, por lo menos sí de la vida desdichada de los expresionistas y de muchos escritores que lo han deseado todo y sólo han conseguido algo o tal vez nada. Esos versos escritos en un cuaderno de notas en un museo de provincias son diferentes de los de Goethe sin dejar de ser rigurosamente iguales, y son mucho más valiosos, porque surgen de la imposibilidad y de la desesperación, que son el punto de partida de todo escritor verdadero y el sitio hacia el que muchos irrevocablemente se dirigen.

Ball, Hugo (Pirmasens, 22/2/1886 - Sant' Abbondio, Suiza, 14/9/1927). Escritor católico y dadaísta. Su primer interés fue la dramaturgia, que B. escribió bajo la influencia de Frank Wedekind. Un golpe de suerte –fue declarado no apto para prestar servicio militar– le permitió no acabar como el resto de los expresionistas. En 1915 emigró a Zurich y allí fundó junto a Hans Arp, Tristan Tzara y Marcel Janco el famoso Cabaret Voltaire, considerado la cuna del dadaísmo. Sus obras más importantes son la comedia *Die Nase des Zinkenmeisters* [«La nariz del campeón de las napias»] (1911), el drama *Der Henker von Brescia* [«El verdugo de Brescia»] (1914), los aforismos de *Die Flucht aus der Zeit* (1927), varias antologías del dadaísmo y la biografía de su amigo *Hermann Hesse. Sein Leben und sein Werk* [«Hermann Hesse. Su vida y su obra»] (1927). Mientras trabajaba como periodista en Berlín, en 1914, B. intentó convencer a B. → Bählamm de escribir para periódicos como forma de aliviar su desastrosa situación económica, pero los artículos que éste le entregó fueron rechazados por varios periódicos y B. acabó desistiendo de su recomendación.

Becher, Johannes R(obert) (Munich, 22/5/1891 - Berlín Oriental, 11/10/1958). Escritor. Sobrevivió a un temprano intento de suicidio en 1910, al año siguiente comenzó estudios de medicina que dejó inconclusos, luego se negó a hacer el servicio militar y al final se unió a los comunistas, en 1917. En 1925 fue detenido y acusado de alta traición por su poemario *Der Leichnahm auf den Thron* [«El cadáver sobre el trono»]; las protestas de Bertolt Brecht, Maxim Gorki y Thomas Mann, entre otros, condujeron a que el proceso fuera suspendido en 1928. En 1933 abandonó Alemania y a partir de 1935 vivió en Moscú, de donde regresó a Berlín diez años después; suya fue la letra del himno de la así llamada República Democrática de Alemania (RDA). B. hizo de la literatura parte del trabajo político, y su obra posterior al ingreso en el Partido Comunista es pseudoclásica y poco interesante, pero sus primeros poemarios son francamente expresionistas: *Der Ringende* [«El agonizante»] (1911), *Erde* [«Tierra»] (1912) y *Die Gnade eines Frühlings* [«La clemencia de una primavera»] (1912). El crítico Kurt → Pinthus también opinó de ellos que pertenecían al «barroco fecal», cosa que hace suponer que éste era su elogio favorito. Su novela autobiográfica *Abschied. Einer deutschen Tragödie, erster Teil 1900-1914* [«Despedida. Una tragedia alemana, primera parte 1900-1914»] ofrece un testimonio valioso del período expresionista. En ella, B. → Bählamm aparece con el alias de W. Busch, sin que en ninguna parte se aclare por qué.

Beckmann, Max (Leipzig, 12/2/1884 - Nueva York, 27/12/1950). Escritor y pintor, considerado uno de los artistas plásticos alemanes más importante del siglo XX. En 1914 se alistó voluntariamente y actuó como enfermero en el Frente Oriental y en Flandes hasta que una crisis nerviosa obligó a su traslado a Estrasburgo un año después. Su pintura, inspirada por las experiencias de guerra, es adscrita al expresionismo por algunos críticos, aunque B. rechazó invitaciones a pertenecer al grupo en dos ocasiones. Fue uno de los pintores más odiados por el nacionalsocialismo, que lo incluyó en su exhibición de arte degenerado y destruyó numerosas obras suyas. En 1933 se había exiliado en Amsterdam y en 1947 se trasladó a Estados Unidos, donde murió. Es también autor de poesías y dramas como *Das Hotel. Drama in vier Akten* [«El hotel. Drama en cuatro actos»] (1921) y *Ebbi* (1924), de la prematura *Autobiographie* [«Autobiografía»] (1924), y de una importante colección de cartas desde el frente con el título de *Briefe im Kriege* [«Cartas en guerra»] (1916), una de las cuales está destinada a B. → Bählamm; su fecha, enero de 1916, prueba que la noticia de la muerte de B. no había alcanzado aún a su antiguo amigo.

Benn, Gottfried (Mansfeld, 2/5/1886 - Berlín, 7/7/1956). Médico y escritor. Su madre murió de cáncer de pecho en 1912; pese a que sufría de terribles dolores, el padre de B. no lo autorizó, por razones religiosas, a darle analgésicos. B. fue reclutado al comienzo de la guerra y destinado a Bélgica; para entonces ya había publicado los poemarios *Morgue und andere Gedichte* [«Morgue y otros poemas»] (1912) y *Söhne. Neue Gedichte* [«Hijos. Nuevos poemas»] (1913), declaradamente expresionistas, a los que sucederían durante la guerra obras aún más explícitas en su denuncia del final de una época: *Gehirne. Novellen* [«Cerebros. Novelas cortas»] (1916) y *Fleisch. Gesammelte Lyrik* [«Carne. Poesía reunida»] (1917). En su condición de médico, B. estuvo obligado durante la guerra a asistir a las ejecuciones. Más tarde, y quizá a consecuencia de lo visto, se hizo nacionalsocialista, aunque sólo hasta 1935, cuando se distanció del Partido. Sus obras fueron prohibidas en 1938 y sólo pudo volver a publicar tras la guerra, pero su temprana adhesión a las ideas de Adolf Hitler le persiguió durante el resto de su vida.

Bronnen, Arnolt (Viena, 19/8/1895 - Berlín Oriental, 12/10/1959). Dramaturgo. Escribió algunas de sus obras más importantes mientras era prisionero de guerra en Italia y luego se hizo nacionalsocialista. Más tarde criticó el régimen de terror nazi en su drama *N* (1935). Fue expulsado de la cámara de escritores del Reich por no poder entregar su certificado de pureza racial pero inmediatamente «arizado» «desde arriba». Sobrevivió a la guerra, se hizo comunista y acabó sus días en la RDA. Sus zigzagueantes opiniones políticas fueron calificadas por Kurt Tucholsky como las de un «izquierdista suspendido disfrazado de fascista», aunque perfectamente podría decirse también que se trataba de un fascista suspendido disfrazado de izquierdista e incluso podrían verse los términos de la afirmación de Tucholsky como parcialmente complementarios y no dicotómicos, lo que explicaría muchas cosas o, tal vez, realmente ninguna.

Corrinth, Curt (Lennep, hoy Remscheid 20/2/1894 - Berlín Oriental, 27/8/1960). Novelista, poeta y dramaturgo. Fue enrolado en 1915 y combatió hasta 1917 en Rusia y Francia, de donde regresó convertido en pacifista. Su pieza teatral *Trojaner* [«Troyanos»] (1929), en la que criticaba el antisemitismo, lo llevó a enfrentarse a los nazis, que prohibieron su obra en 1933 y lo encerraron un año en prisión. En 1955 se trasladó a la RDA. Entre sus obras se cuentan *Liljol. Die Geschichte vom Unverwundbaren* [«Liljol. La historia del invulnerable»] (1921), *Mo Marova. Ein Legendenbuch aus dem Jahre 2020* [«Mo Marova. Un libro de leyendas del año 2020»] (1920), *Der Smaragdring. Ein Spiel in 8 Bildern* [«El anillo de esmeralda. Una obra en ocho imágenes»] (1931), *Die Schicksalsmelodie* [«La melodía del destino»] (1938) y la rara novelita *Postdamer Platz oder Die Nächte des neuen Messias* [«Postdamer Platz o las noches del nuevo mesías»] (1919), un precoz e interesante panfleto sobre la libertad sexual que, según Carl → Einstein, incluye un personaje basado libremente en B. → Bählamm.

Dix, Otto (Untermhaus, 2/12/1891 - Singen, 25/7/1969). Pintor. Se alistó como voluntario tras el estallido de la guerra debido a que, en sus palabras, deseaba ser testigo de la gran conflagración que acabaría con la sociedad burguesa. Las pinturas y dibujos que realizó en el frente carecen de pretensiones testimoniales; lo suyo es la celebración extática del Apocalipsis, y, en una de ellas, D. se pintó a sí mismo como el dios Marte, presidiendo la guerra con una expresión asesina. El ritmo agresivo de sus líneas y las formas rotas de sus dibujos no eran parte de un programa estético, aunque en sí son profundamente expresionistas, sino que respondían a la necesidad de presentar simultáneamente los múltiples sucesos que estaban acabando con un mundo y con un tiempo. D. no tardó en comprender, cuando la guerra terminó, que, en palabras de Lionel Richard, sólo «el mal y lo repugnante habían triunfado», y, desde ese momento, se dedicó a documentar, sin pasión, sin esperanzas, sin remordimientos, ese triunfo.

Döblin, Alfred (Stettin, 10/8/1878 - Emmendingen bei Freiburg, 26/6/1957). Escritor. Su tesis doctoral lleva el interesante título de *Gedächtnisstörungen bei der Korsakoffschen Psychose* [«Problemas de memoria en la psicosis de Korsakov»] (1905). En 1911 abrió en Berlín su propia clínica psiquiátrica luego de trabajar en varios hospitales y manicomios de esa ciudad y de Friburgo y mantuvo contactos con los expresionistas, entre ellos B. → Bählamm. En 1914 se alistó voluntariamente y prestó servicios como médico militar hasta el final de la guerra. Más tarde simpatizó con la República de los Consejos bávara y se hizo miembro del Partido Socialista. En febrero de 1933 huyó a Suiza y en noviembre se trasladó a París, donde colaboró con el movimiento sionista. En junio de 1940 escapó a Estados Unidos a través de la ruta habitual del exilio intelectual alemán, que incluía España y Portugal. Su conversión al catolicismo, en 1941, contribuyó a su aislamiento en los círculos de escritores exiliados. En 1945 regresó a Alemania y trabajó para el gobierno francés de ocupación, pero en 1953 regresó a París, decepcionado y amargado por la escasa resonancia de su trabajo y la situación en su país. Murió antes de poder presenciar el redescubrimiento de su obra. Esta había comenzado con numerosas colaboraciones en la revista del expresionismo *Der Sturm* y con los relatos de *Die Ermordung der Butterblume* [«El asesinato del botón de oro»] (1913) y la novela *Die drei Sprunge des Wang-lun* [«Los tres brincos de Wanglun»] (1915). Su renuncia a la caracterización psicologista de los personajes, la simultaneización de los acontecimientos narrados y la aparente falta de intervención del narrador, que crea un efecto «cinematográfico», son técnicas expresionistas cuyo uso convirtió a D. en uno de los escritores más representativos del grupo. Estas técnicas –a las que debe agregarse el collage, el estilo indirecto libre, la alusión y el monólogo interior– están presentes, naturalmente, en su obra más famosa, la novela *Berlin Alexanderplatz* (1929), la salvación y la condena de Franz Biberkopf en un Berlín babélico y oprimente. En su autobiografía, F. → Jung sugiere que el personaje de Franz Biberkopf podría haber sido concebido por D. a manera de respuesta a la pregunta «¿Qué hubiera sido de B. → Bählamm si hubiera regresado de la guerra?», pero una lectura de la obra y una comparación entre el escritor y el personaje hace que la sugerencia resulte absurda.

Einstein, Carl (Neuwied, 26/4/1885 - Lestelle-Bétharram, en los Bajos Pirineos, 3/7/1940). Narrador, dramaturgo y ensayista. Fue convocado a filas en 1914 y herido en la batalla de Verdún. Más tarde formó parte de los círculos expresionistas de Berlín y fue uno de los más activos promotores del dadaísmo. Su drama *Die schlimme Botschaft* [«La mala noticia»] le atrajo una condena por blasfemias en 1922. En 1928 se marchó a París escapando del nacionalsocialismo y trabó amistad con Michel Leiris y André y Clara Malraux, entre otros. Su obra más importante es la novela *Bebuquin oder die Dilettanten des Wunders* [«Bebuquin o los diletantes de la maravilla»] (1912), que rompió las convenciones narrativas de su tiempo abandonando las leyes de la causalidad, el afán mimético y el psicologismo de los personajes. En 1940 fue internado en un campo en el sur de Francia, pero sus guardias –franceses a quienes E. había combatido unas décadas atrás– lo dejaron libre antes de que llegara el ejército alemán, a sabiendas de que, si éste lo encontraba, lo mataría. E. había peleado del lado republicano durante la Guerra Civil española y por esta razón no pudo seguir los pasos de muchos exiliados, que huían a través de España en dirección a Lisboa, desde donde luego se embarcaban hacia Estados Unidos. E. se suicidó el tres de julio.

Friesz, Emile Othon (La Haya, 6/2/1879 - París, 10/1/1949). Pintor asociado al fauvismo. Su retrato de B. → Bählamm, erróneamente asociado a Fernand Fleuret, se encuentra en el Centre Georges-Pompidou de París.

Gross, Otto (Gniebing bei Feldbach, Estiria, 17/3/1877 - Berlín, 13/2/1920). Médico, psicoanalista y anarquista austríaco. Su vida puede narrarse como una novela, pero sobre ella no planea la mano de un narrador sino una voluntad humana y, quizá, perturbada. Tras acabar los estudios de medicina, G. consiguió un puesto como médico de a bordo en buques de la compañía de vapores de Hamburgo Kosmos, que hacía la ruta de Sudamérica, y en esos viajes desarrolló una adicción a la cocaína; cuando se hizo tratar por ella, en Zurich, hacia 1902, descubrió el psicoanálisis. En 1904 conoció a Sigmund Freud, algunas de cuyas ideas aplicó en la más que interesante comuna naturista de Monte Verità, cerca de Ascona, en la que Johannes Nohl y el anarquista y poeta Erich Mühsam llevaron a cabo una utopía de colectivización y liberación sexual. En 1908 rompió con Freud y su círculo –Freud le recordó que el psicoanálisis era una disciplina médica y no una corriente política y Carl Gustav Jung le diagnosticó demencia precoz– e inició una segunda cura de desintoxicación, en una clínica de la que huyó a las cinco semanas. El tres de marzo de 1911 se suicidó su paciente y amante Sophie Benz. G. le había procurado el veneno para hacerlo y se lo acusó de asesinato y colaboración en un suicidio. G. se sometió a otra cura en la clínica de Mendrisio, en la cercanía de Casbaigno, de donde más tarde fue trasladado a un asilo en Viena, del que escapó. En Berlín se unió al grupo anarquista Aktion y en 1913 fue detenido y expulsado de territorio prusiano. Su padre consiguió que lo encerraran en el asilo para alienados de Tulln, cerca de Viena, y más tarde en Troppau, en Silesia, pero G. nunca dudó de su salud mental y durante todo este tiempo escribió cartas e informes a las autoridades demostrando su supuesta cordura. Éstos no fueron completamente ignorados y dos años después se le declaró sano. Fue médico asistente en la guerra y más tarde colaborador de las revistas expresionistas *Die Erde* y *Das Forum*. Se radicó por períodos breves en Munich, Graz, Viena y Berlín. Una mañana del invierno de 1920, sus amigos lo encontraron en la entrada de un almacén, hambriento y con signos de congelamiento. Murió en una clínica del barrio berlinés de Pankow dos días después. Fue el introductor de los expresionistas en las ideas psicoanalíticas que justificarían algunos de sus experimentos literarios.

Hasenclever, Walter (Aachen, 8/7/1890 - Aix-en-Provence, 22/6/1940). Dramaturgo, poeta, periodista, guionista y ensayista. Según F. → Jung, admiraba a B. → Bählamm, a quien nunca conoció pero consideraba el mejor escritor expresionista, y escribió sus primeras obras bajo su influencia. Se alistó como voluntario y permaneció en el frente hasta 1916; al año siguiente se le diagnosticó una enfermedad de los nervios y se lo liberó de prestar servicio. Marchó al exilio en 1933. Se suicidó en el campo de internamiento de Les Milles el veintiuno de junio de 1940 con una sobredosis de pastillas para dormir. Su drama *Der Sohn* [«El hijo»] (1916) ejemplifica el conflicto con la autoridad paterna que es uno de los temas principales de los expresionistas y le valió el premio Kleist de 1917. Más tarde se inclinó por la comedia de sociedad y a su muerte dejó dos novelas autobiográficas.

Herzfelde, Wieland (Eggis, Suiza, 11/4/1896 - Berlín Oriental, 23/11/1988). Editor. Sus aspiraciones de una carrera literaria se vieron frustradas cuando estalló la guerra. H. se alistó como voluntario en 1914 pero hacia 1916 todo fervor patriótico y todo entusiasmo bélico se habían agotado y H. comenzó la publicación de la revista pacifista *Neuer Jugend* [«Nueva juventud»] junto a su hermano, Helmut Herzfelde, de pseudónimo John Heartfield e inventor del fotomontaje. La revista fue prohibida por el gobierno en 1937 pero de ella surgió el sello editorial Malik. Éste patrocinó al dadaísmo pero también a artistas como Else Lasker-Schüler, Erwin Piscator, George Grosz y otros, cuya actividad H. apoyó moral y financieramente. En 1933 huyó a Praga, desde donde dirigió la editorial, ya asentada en Londres. En este período publicó a Johannes R. → Becher, Ilja Ehrenburg y las obras completas de Bertolt Brecht, entre otros. En 1938 huyó a Londres y al año siguiente a Estados Unidos. Allí, sin dinero ni patronos, H. debió esperar cinco años hasta la creación de un nuevo sello editorial, Aurora Verlag. Sus socios en el nuevo proyecto fueron B. Brecht, Lion Feuchtwanger, Alfred → Döblin, Heinrich → Mann, Ernst Bloch, Ferdinand Bruckner, Oskar

Maria Graf y otros. Los mejores intelectuales alemanes del exilio demostraron ser pésimos administradores, y Aurora Verlag quebró después de tan sólo dos años. H. regresó a Alemania en 1949 y a partir de ese momento dio clases en la universidad de Leipzig, escribió poemas, relatos y ensayos y trabajó como traductor y director teatral. Frente al desinterés real de las autoridades culturales de la RDA por su trabajo, H. se refugió en la edición de unas obras completas de León Tólstoi en catorce volúmenes. Son de cierto interés su libro *Tragigrotesken der Nacht. Träume* [«Trágicogrotescas de la noche. Sueños»] (1920) y su intercambio epistolar con Ernst Bloch *Wir haben das Leben wieder vor uns - Briefwechsel 1938-1949* [«De nuevo tenemos la vida por delante. Correspondencia 1938-1949»] (2001). Le quitó el sombrero de un cachetazo al poeta Reinhard Johannes → Sorge cuando éste intentó defender a B. → Bählamm frente a los otros expresionistas.

Heym, Georg (Hirschberg, 30/10/1887-Berlín, 16/1/1912). Poeta. Se ahogó durante una excursión de patinaje en el río Havel tratando de salvar a un amigo, el también poeta Ernst Balcke, cuando éste cayó al agua tras romperse el hielo. Según testigos, Balcke intentó suicidarse y arrastró involuntariamente a Heym con él. Claire Jung, que formó parte del círculo de H. en Berlín, opinó hasta su muerte que se había tratado de un doble suicidio y lamentó no haber tomado parte de la excursión, convencida de que podría haber apartado a los dos amigos de su proyecto. Unos cuatro meses antes de ahogarse, H. había escrito en su diario: «Me ahogo en este tiempo banal con mi entusiasmo improductivo. Es que necesito poderosas emociones exteriores para ser feliz. Ahora espero por lo menos una guerra». Desesperación y catástrofes que producen angustia son los temas del único poemario que publicara en vida, *Der ewige Tag* [«El día eterno»] (1911). Si hubiera aguantado dos años más, hasta la guerra, hubiera tenido ambas en cantidad.

Hoddis, Jakob von (Berlín, 16/5/1887 - Polonia, 1942). Pseudónimo del poeta judío Hans Davidsohn. En 1912 fue internado contra su voluntad en el asilo para alienados de Nicolassee, de donde huyó saltando por una ventana. A continuación, H. escapó a Heidelberg y luego a París, de donde regresó a Berlín un año después. La esquizofrenia que padecía de forma incipiente se intensificó con sus peripecias y a partir de 1914 tuvo que ser asistido de manera particular. En 1933 fue trasladado a una institución psiquiátrica en Koblenz y el treinta de abril de 1942, entregado por las autoridades de la institución a la policía nacionalsocialista. Nunca más se supo de él. Su obra poética es breve y limitada al período de 1909 a 1914. Su poema «Weltende» [«Fin del mundo»], que el propio H. leyó en el Cabaret Neopatético en 1910 y fue publicado al año siguiente en la revista *Der Demokrat* y más tarde escogido por K. → Pinthus como introducción para su antología *Menschheitsdämmerung* [«El crepúsculo de la Humanidad»] (1920), es considerado el poema expresionista prototípico –J. R. → Becher lo llamó «la Marsellesa de la rebelión expresionista»– y su influencia en otros escritores del grupo como B. → Bählamm o A. → Lichtenstein, y en la constitución del estilo simultaneísta del expresionismo, no puede ser suficientemente estimada.

Johst, Hanns (Seehausen bei Oschatz, 8/7/1890 - Ruhpolding, 23/11/1978). Literato nazi. Fue voluntario en la guerra y, al regresar, uno de los dramaturgos expresionistas más importantes, en especial gracias a las piezas *Der junge Mensch* [«El hombre joven»] (1916) y *Der Einsame* [«El solitario»] (1917). En la década de 1920, J. se distanció del vanguardismo de sus primeros años y comenzó a practicar una literatura populista y conservadora cuya abundancia de expresiones como «germanidad», «patria» y «camaradería» parecía inspirar, aunque surgía de, el ascenso del Partido Nacionalsocialista, del que se hizo miembro en 1932. J. propuso un «teatro del culto a los héroes» en perfecta concordancia con la ideología oficial del Estado alemán y obtuvo su mayor éxito como propagandista con la obra *Schlageter* (1933), representada ese año en más de mil teatros y dedicada a «Adolf Hitler, en veneración amante e inalterable fidelidad». Fue presidente de la Cámara de Escritores del Reich y de la Academia Alemana de la Poesía e intendente del Berliner Staatstheater. Quizá no sea erróneo suponer que J. no disparó un solo tiro a lo largo de toda la segunda guerra, que no escuchó una sola explosión ni olió el olor de la carne quemada de los muertos. Naturalmente, no sabía o dijo no saber sobre los judíos asesinados en el Tercer Reich pese a que algunos de ellos –por ejemplo, G. → Heym– habían sido también expresionistas. Después de la guerra fue recluido en un campo de internamiento de los Aliados y se le prohibió publicar durante diez años. J. intentó regresar a los dominios literarios tan pronto como ese período de prohibición acabó, en 1955, pero para entonces ya había otros escritores y otros lectores y después de *Gesegnete Vergänglichkeit* [«Transitoriedad bendita»] los amantes de la literatura enlodada, de la que va a trote de cerdo por un páramo comiéndose sus propias heces, ya no volvieron a escuchar de él. En 1945, J. había intentado justificar su adhesión al nazismo sosteniendo que tenía el mismo origen que su temprano tránsito del naturalismo al expresionismo, esto es, «la ambición de lo material en dimensiones irracionales», lo que significa, por si alguien no lo ha entendido, que lo hizo por dinero.

Jung, Franz (Neisse, 26/11/1888 - Stuttgart, 21/1/1963). Escritor. Sus novelas y cuentos expresionistas proponen la reforma de la sociedad a través del cambio en las relaciones entre hombre y mujer, pero su obra posterior, especialmente su autobiografía, considera al hombre incapaz de construir esa sociedad de forma justa. Este cambio de opiniones es producto de una vida caracterizada por el rechazo a la autoridad paterna –en lo que J. coincide con B. → Bählamm, W. → Hasenclever y otros expresionistas– y la fuga: a Rusia, después de tomar parte en la República de los Consejos de Munich de 1918, a Hungría, en 1936, y a Estados Unidos, en 1948. Su vida perjudicó su obra, que podría haber sido más extensa y menos contingente, pero le regaló asunto para una excelente autobiografía, *Der Weg nach unten. Aufzeichnungen aus einer grossen Zeit* [«El camino hacia abajo. Apuntes de un gran tiempo»] (1961), escrita aparentemente sin dificultad pero vivida con las mayores decepciones y tropiezos.

Kirchner, Ernst Ludwig (Aschaffenburg, 6/5/1880 - Frauenkirch bei Davos, 15/6/1938). Pintor. Miembro y fundador junto a Fritz Bleyl, Erich Heckel y Karl Schmidt-Rottluff del grupo Die Brücke [«El puente»], se alistó como voluntario al comienzo de la guerra pero sufrió lo que ha sido llamado un «un colapso físico y espiritual completo» que le impidió tomar parte de la contienda bélica e hizo temer por su vida. Un grupo de amigos se conjuró para trasladar al pintor a Davos, en Suiza, donde K. se recuperó en parte y pudo aún soportar la vida hasta 1938, cuando se suicidó, poniendo en evidencia que su determinación era más fuerte que las buenas intenciones de sus amistades.

Kornfeld, Paul (Praga, 11/12/1889 - Łodż, 25/1/1942). Dramaturgo y crítico. Fue amigo de Franz → Werfel y Max Brod y asiduo del Cafe Arco de Praga, algunos de cuyos contertulios eran, además de Brod y Werfel, Oskar Baum, Rudolf Fuchs, Willy Haas, Franz Janowitz, Egon Erwin Kisch, Otto Pick, Johannes Urzidil y Franz Kafka. Su ensayo «Der Beseelte und der psychologische Mensch» [«El animado y el hombre psicológico»] (1918) y los dramas *Die Verführung* [«La seducción»] (1917) y *Himmel und Hölle* [«Cielo e infierno»] (1919) llevaron a que sus contemporáneos esperaran de él el drama expresionista definitivo, pero K. acabó copiándose a sí mismo en la búsqueda de ese drama perfecto que finalmente nunca escribió. Quizá esto fuera involuntario, aunque también es probable que K. haya comprendido, y así lo quiso mostrar a sus contemporáneos, que él ya había escrito los dramas perfectos del expresionismo y que a partir de ese momento sólo quedaba la repetición y el desengaño y la muerte. Su obra *Die Verführung* narra la historia de un joven torturado que asesina a un burgués para rebelarse contra el mundo pero es incapaz de una transformación interior, y es el drama expresionista más destacado. En 1933 abandonó Alemania y regresó a Praga. Pese a tener la posibilidad de huir a Inglaterra, donde tenía familiares, K. se negó a abandonar la ciudad. El treinta y uno de octubre de 1941 fue detenido allí por las SS y conducido al campo de concentración de Litzmannstadt, cerca de la ciudad polaca de Łodż, donde fue asesinado al año siguiente. Unas horas antes de su detención, consiguió poner en manos de una amiga el manuscrito de su novela *Blanche oder das Atelier im Garten* [«Blanche o el estudio en el jardín»], publicada finalmente en 1957.

Kubista, Bohumil (Vlčkovice, 21/8/1884 - Praga, 27/11/1918). Pintor. No se alistó en el ejército por monomanía o patriotismo como el resto de los expresionistas sino por la sencilla razón de que se moría de hambre. Curiosamente, K. sobrevivió hasta el final de la guerra, cuando murió de una gripe que en alemán se llama «gripe española» sin que quede claro por qué. Por absurdo que parezca, K. fue, precisamente, cubista, aunque sus cuadros se distancian de esta escuela por su uso de simbología para expresar el «tormento» de la existencia, un tema más propio del expresionismo.

Lehmbruck, Wilhelm (Meiderich bei Duisburg, 4/1/1881 - Berlín, 25/3/1919). Escultor e ilustrador. Fue amigo de Henri Matisse y de Pablo Picasso y uno de los artistas plásticos alemanes más valorados de su época. En 1914 fue convocado a filas y destinado a un lazareto berlinés como enfermero. Quedó marcado por lo que vio. En 1916 escapó a Zurich, de donde regresó a Berlín tras el final de la guerra. En esa ciudad se gaseó poco tiempo después, dejando una esposa y cuatro hijos.

Leybold, Hans (Frankfurt del Main, 2/4/1892 - Itzehoe, 8/9/1914). Poeta y editor de la revista *Revolution*. Su breve obra literaria, escrita principalmente a cuatro manos junto a Hugo → Ball con el pseudónimo absurdo de Ha Hu Baley, y publicada póstumamente, es antecesora del dadaísmo. Fue herido cerca de Namur apenas un mes después de haber sido convocado a filas, pero se recuperó con cierta rapidez. Sin embargo, el ocho de setiembre, aún convaleciente, se disparó un tiro en la sien.

Lichtenstein, Alfred (Berlín, 23/8/1889 - Vermandovillers, 25/9/1914). Poeta. En 1913 publicó una pequeña colección de poemas en la editorial berlinesa A. R. Meyer con el título de *Die Dämmerung* [«El ocaso»], en la que aparece el poema dedicado a B. → Bählamm al que hemos hecho referencia y se encuentran presentes los temas más caros a los expresionistas: la desesperación, la angustia y la convicción de que el fin de los tiempos se acerca. L. fue uno de los principales animadores del grupo expresionista e incluso escribió una cierta cantidad de obras en prosa en las que se burló de sí mismo y del resto de los miembros del grupo, a los que retrató en clave. A diferencia del resto de los expresionistas, L. no era un nihilista sino sólo un alma inclinada al grotesco, y un excelente parodista. Su agudo sentido del humor, que recuerda al de su contemporáneo Alfred Jarry, es de utilidad para comprender sus últimos meses de vida: en octubre de 1913 fue convocado a filas; el primero de agosto fue movilizado; el veinticinco de setiembre cayó en el Somme.

Lotz, Ernst Wilhelm (Kulm, 6/2/1890 - Bouconville, 26/9/1914). Poeta. Murió como jefe de compañía en el norte de Francia después de haberse enrolado voluntariamente. Sus poemas, escritos bajo la influencia de Arthur Rimbaud, sólo fueron publicados póstumamente, con excepción del folleto *Und schöne Raubtierflecken...* [«Y lindos pueblos de carnívoros...»] (1913).

Macke, August (Meschede, 3/1/1887 - Perthesles-Hurlus, 26/9/1914). Uno de los pintores más importantes de su tiempo y el fundador junto a Franz → Marc del grupo Der Blauer Reiter [«El jinete azul»], nucleado alrededor de Wassily Kandinsky. Fue llamado a filas el ocho de agosto de 1914. Seis semanas después estaba muerto, lo que dice bastante sobre su talento como soldado.

Mann, Heinrich (Lübeck, 17/3/1871 - Santa Monica, California, 12/3/1950). Narrador y ensayista. Suele ser asociado al grupo expresionista, a muchos de cuyos miembros trató y para los cuales fue una especie de modelo a seguir. La aparición por entregas de su novela *Der Untertan* [«El súbdito»] fue interrumpida en 1914 por la censura, pero su edición al final de la guerra fue un éxito singular. Su oposición a la participación alemana en la contienda provocó en 1915 la ruptura de M. con su hermano menor, Thomas Mann; ambos se reconciliaron en 1922. En febrero de 1933, M. dejó Alemania y se instaló en Niza, y en agosto de ese año el gobierno nacionalsocialista le quitó la ciudadanía alemana. En 1939 huyó con F. → Werfel y otros a Estados Unidos y murió allí poco antes de su proyectado regreso a Berlín Oriental. Sus obras más importantes, *Der Untertan* y *Professor Unrat oder das Ende eines Tyrannen* [«El profesor Inmundicia o el final de un tirano»] (1905), adaptada para la pantalla con el título *Der blaue Engel* [«El ángel azul»] (dir. Josef von Sternberg, 1930), ejercitan una crítica irónica pero despiadada de la situación política y social en la Alemania del káiser Guillermo II; blanco de la crítica de M. son el servilismo y decadencia moral de la burguesía alemana, su «nacionalismo enmohecido» y su «explotación despiadada» de la clase obrera, así como el «oportunismo de los funcionarios sindicales y de los socialdemócratas», cuya obsesión por la mejora sólo económica de la situación contribuyó a la catástrofe en ciernes del nacionalsocialismo y la guerra. En su ensayo sobre Goethe publicado en 1910, M. argumentó contra la falsedad de rendir homenaje al gran escritor en lugar de a la democracia, la que exige de los escritores que éstos «se conviertan en agitadores, se unan al pueblo contra el poder, que entreguen toda la fuerza de la palabra a la lucha, que es también la lucha del espíritu». Según M. «pensar en él y su nombre no ha cambiado nada en Alemania, no ha erradicado ninguna inhumanidad ni ha torcido el rumbo hacia un tiempo mejor». Unas páginas escritas en Estados Unidos hacia 1948 y destinadas a un libro de recuerdos del período previo a las grandes guerras, que nunca fue concluido, permite conocer que M. consideraba al *Fausto* de Goethe la obra más sobrevalorada de la literatura alemana; en ellas, M. recuerda una conversación sobre el tema con el poeta expresionista B. → Bählamm sostenida en Berlín en setiembre de 1913, y de la cual el poeta podría haber tomado la idea de escribir el *Fausto*, como descalificación o desafío al menosprecio de M. hacia esa obra y su autor. Éste es M. en uno de los fragmentos de su proyectada memoria: «Unos días después de esa conversación nos encontramos en la casa de la señora J*** (tacho su nombre porque aún vive). En un momento de la reunión B. se acercó a mí y me dijo que, tras nuestra conversación, había decidido escribir el *Fausto*. Me reí, creo, y le pregunté si no sabía que el *Fausto* ya había sido escrito, y me respondió que efectivamente lo sabía y que eso era lo que lo hacía más difícil. Pretendía escribir el *Fausto* palabra por palabra y tal como Goethe lo había escrito pero sin recurrir a la memoria; lo escribiría palabra por palabra, dijo, sólo porque la forma perfecta del libro era la que Goethe le había dado, y porque incorporar una palabra y quitar otra o utilizar un sinónimo convertiría a su libro en una falsificación. La señora J*** le preguntó si no sabía que el *Fausto* era la obra de un genio y B. respondió que precisamente, no siéndolo él mismo, su obra tendría mayor mérito que la del propio Goethe. Quienes estaban presentes se alteraron considerablemente, en particular el editor Herzfelde y R. J. Sorgen [*sic*], el poeta, pero, ante la llegada de nuevos invitados, la señora J*** y yo quisimos evitarle a B. el escándalo y cambiamos de tema. Un tiempo después estalló la guerra y su proyecto adquirió un interés secundario para mí y para los expresionistas, y quizá también lo haya adquirido para él, que murió en Francia».

Marc, Franz (Munich, 8/2/1880 - Verdún, 4/3/1916). Pintor. Fue convocado a filas en 1914 y cayó en la batalla de Verdún dos años después. En ella participaron dos millones y medio de soldados, trescientos cincuenta mil de los cuales murieron; las acciones comenzaron con un ataque de las tropas alemanas a la fortaleza de Verdún el veintiuno de febrero de 1916 y acabaron el veinte de diciembre de ese año sin modificaciones relevantes para el curso de la guerra. Uno de los involuntarios camaradas de M. fue, del otro lado de lo que los soldados llamaban la «bomba de sangre», «el molino de huesos» o, más simplemente, «el infierno» –y que nosotros llamaremos aquí simplemente «la trinchera»–, el escritor francés Raymond Roussel, quien, cuando se le preguntó por la carnicería sin sentido que había debido presenciar, sólo afirmó que «nunca había visto tantos hombres juntos»; a sabiendas de la afición de Roussel por los mismos, puede sospecharse que su recuerdo de la batalla no era tan amargo después de todo.

Oehring, Richard (Düsseldorf, 16/6/1891 - Holanda, 14/5/1940). Poeta y espía. Fue colaborador de la revista *Die Aktion* –donde se publicó la totalidad de su poesía– y uno de los principales animadores de sus veladas literarias. O. fue convocado a filas y estacionado en Bruselas como enfermero, enfermó y regresó a Berlín, donde, sin embargo, fue nuevamente declarado apto y enviado al frente; a continuación, O. desertó, sólo para ser atrapado poco después, e inició una huelga de hambre tras la cual fue finalmente desmovilizado. Entre 1917 y 1933, O. fue un activo comunista y viajó varias veces a la URSS. Ese año emigró a Holanda y allí trabajó para la organización soviética de comercio Exportchleb y como agente secreto. Tras la capitulación holandesa, O. se suicidó para no caer en manos de los nazis. Un volumen publicado en Siegen en 1988 recoge poemas, artículos y narraciones suyas.

Pfemfert, Franz (Lötzen, actual Giżycko, Polonia, 20/11/1879 - Ciudad de México, 26/5/1954). Editor y crítico. Su obra literaria, escrita con el pseudónimo U. Gaday –del ruso «ugadaj»: «averigua»–, fue escasa e insignificante en relación a su importante tarea como editor de la revista anarquista *Die Aktion* [«La acción»] (1911-1932). Su radicalidad era perfecta para los expresionistas, que la convirtieron en una de las publicaciones más importantes del grupo, en particular durante la guerra, cuando la revista se abstenía de opinar directamente sobre los sucesos políticos para evitar la censura pero, en contrapartida, publicaba sus poemas antibélicos. P. contribuyó también a la causa expresionista con la organización de las así llamadas «Aktionsabende» [«Tardes de Aktion»], donde los escritores de la revista podían leer sus trabajos ante el público, y con la creación de tres colecciones: la Aktionsbibliothek der

Aeternisten [Biblioteca Aktion de los eternistas], donde publicó obras de Carl → Einstein, F. → Jung, G. → Benn y otros, la Aktions-Lyrik, en la que aparecieron volúmenes de poemas de Oskar Kanehl, Wilhelm Klemm y Benn, y la Bücherei Der Rote Hahn [«Librería del gallo rojo»], dedicada a autores extranjeros pero en la que también se publicaron obras de Franz Mehring, Carl Sternheim, J. von → Hoddis, B. → Bählamm, Max Herrmann-Neisse y otros. El ideario socialista de P. y su activismo político –fue miembro de la Liga Espartaco, entre otras organizaciones de izquierda, y corresponsal de Trotski– hicieron que, tras el ascenso del nacionalsocialismo, el editor y su mujer debieran abandonar Alemania. En 1933 huyeron a la antigua Checoslovaquia y en 1936 a París. Allí fueron tratados como enemigos tras el comienzo de la guerra e internados en campos diferentes. P. consiguió escapar del suyo, en las cercanías de Bordeaux, y de allí se dirigió a Perpignan, donde encontró a su mujer, quien también había conseguido huir; ambos se dirigieron entonces a Marsella y de allí a Nueva York a través de Lisboa primero y luego a la ciudad de México, donde arribaron en 1941. Ni P. ni su mujer hablaban español, no tenían dinero y carecían de profesión, lo que contribuyó a su aislamiento y pobreza, sobrellevada sólo gracias a las contribuciones del International Rescue Committee y a la ayuda de Natalja Iwanowna Sedowa, la viuda de Trotski. Nunca regresaron a Alemania.

Pinthus, Kurt (Erfurt, 29/4/1886 - Marbach am Neckar, 11/7/1975). Crítico, dramaturgo y periodista. Fue amigo de J. R. → Becher, G. → Benn, Max Brod, Theodor Däubler, Albert Ehrenstein, Kurt Hiller, Franz Kafka, F. → Werfel y otros expresionistas. En su papel de lector para las editoriales Rowohlt y Kurt-Wolff-Verlag, P. los campeonó y contribuyó decisivamente a la difusión de su obra. Si bien fue un entusiasta de la obra de B. → Bählamm, P. no lo incluyó en su importante antología *Menschheitsdämmerung. Symphonie jüngster Dichtung* [«El ocaso de la humanidad. Sinfonía de la poesía más reciente»] (1920), la primera dedicada a los expresionistas, en cuyo prólogo P. traza la primera historia del grupo. Su obra fue prohibida por los nazis en 1933 y en 1937 huyó a Estados Unidos, donde dio clases en universidades y trabajó para la Library of Congress, y de donde regresó a Alemania treinta años después.

Reinhardt, Max (Baden bei Wien, 9/9/1873 - Nueva York, 30/10/1943). Pseudónimo de Maximilian Goldmann, director teatral y cineasta. Sus puestas en escena, que combinaban las más novedosas técnicas escenográficas con un hábil uso de gran cantidad de figurantes, le granjearon las simpatías de los expresionistas y el dudoso privilegio de ser considerado uno de ellos. En cualquier caso, R. estrenó dos piezas de uno de sus autores, Franz Werfel: *Juarez und Maximilian* [«Juárez y Maximiliano»] (1925) y *In einer Nacht* [«En una noche»] (1937). Fue uno de los primeros en reconocer el talento de dramaturgos jóvenes como Bertolt Brecht, Carl Zuckmayer y P. → Kornfeld y empleó como escenógrafo durante un tiempo al pintor Karl Walser, hermano y benefactor del gran escritor suizo Robert Walser.

Rubiner, Ludwig (Berlín, 12/7/1881 - íbidem, 26/2/1920). Poeta y dramaturgo. En 1915 escapó a Suiza, de donde fue expulsado en 1918 debido a su ardiente e idealizada defensa de la revolución rusa. Sus poemas, dramas y manifiestos proponen la disolución del capitalismo, que R. consideraba burgués y decadente, a través de una revolución democrática y sin líderes, y son de un expresionismo activista y de una ingenuidad conmovedora. Fue probablemente el único escritor del grupo que no necesitó participar en una conflagración mundial para sostener posiciones ardientemente pacifistas.

Rudi, Stephan (Worms, 29/7/1887 - Tarnopol, Galicia Oriental, 29/9/1915). Compositor. Piezas como su *Musik für sieben Saiteninstrumente* [«Música para siete instrumentos de cuerda»] (1911) para violines, viola, chelo, contrabajo, arpa y piano y sus baladas para barítono y orquesta tituladas *Liebeszauber* [«Magia de amor»] (1913) llevaron a algunos a augurarle una brillante carrera. En 1914, sin embargo, R. fue convocado a filas y cayó en el Frente Oriental, a los veintiocho años. Su ópera expresionista *Die ersten Menschen* [«Los primeros hombres»] basada en el «misterio erótico» de Otto Borngräber del mismo título y publicada en 1914 –fue estrenada póstumamente seis años después– será el objeto de estudio del ensayo acerca de todas las óperas expresionistas que algún día escribirá algún doctorando ocioso de germanística.

Rye, Stellan (Copenhague, 4/7/1880 - Francia, 14/11/1914). Cineasta expresionista. Su filme *Der Student von Prag* [«El estudiante de Praga»] (1913) es considerado uno de los primeros filmes alemanes de importancia artística. Filmó también *Das Haus ohne Fenster und Türen* [«La casa sin ventanas ni puertas»] (1913) y *Erlenkönigs Töchter* [«La hija del rey de los alisos»] (1914). Fue herido en Ypern y murió en un lazareto francés.

Sack, Gustav (Schermbeck bei Wesel, 28/10/1885 - Fina Mare, Rumania, 5/12/1916). Escritor, poeta y dramaturgo. Huyó a Suiza al comienzo de la guerra para escapar al enrolamiento pero, por una razón no aclarada, regresó a Alemania en setiembre de 1914, con el resultado de que fue reclutado y enviado como alférez a Francia, donde fue herido de gravedad. S. no murió allí, sin embargo, sino en las cercanías de Bucarest, más tarde. Su esposa, Paula Sack, hizo por él lo que Max Brod hizo por el también expresionista Franz Kafka: publicó su obra, que tiene sus momentos más altos en dos novelas de inspiración autobiográfica, *Ein verbummelter Student* [«Un estudiante descuidado»], escrita entre 1910 y 1913 y publicada en 1917, y que vendió veinte mil ejemplares, y *Ein Namenloser* [«Un anónimo»], escrita entre 1912 y 1913 y publicada en 1919, igualmente exitosa; ordenó su archivo y lo puso a disposición de los estudiosos y escribió un libro sobre él en 1971. Suponemos que los sentimientos de Paula Sack hacia Gustav Sack no eran de la misma naturaleza que los de Max Brod hacia Franz Kafka, o que –en cualquier caso– no eran expresados por los segundos de la misma manera que por los primeros, pero ésta no es razón para desmerecer su enorme esfuerzo, que nos reconcilia con las mujeres de los escritores, que siempre tienden a ser unas sacrificadas o unas perdidas.

Schiele, Egon (Tulln, 12/6/1890 - Viena, 31/10/1918). Pintor. Fue llamado a filas en 1915 pero se las arregló para cumplir con el servicio militar en Viena, donde pudo continuar trabajando. Sin embargo, esto no lo salvó de reventar como sus colegas A. → Macke y F. → Marc, aunque no en el frente de batalla sino en una cama y a consecuencia de la ya mencionada gripe española, una enfermedad que, al parecer, se ensañaba con los pintores.

Sorge, Reinhard Johannes (Rixford bei Berlin, 29/1/1892 - Ablaincourt, 20/7/1916). Poeta y dramaturgo. En contra de lo habitual entre los expresionistas, admitía la influencia de Goethe en su poesía, aunque sólo de manera de establecer un contrapeso a otras influencias más notorias en ella como las de Richard Dehmel y Friedrich Nietzsche. Su drama *Der Bettler* [«El mendigo»] (1912) es considerado el fundador de la dramaturgia expresionista; aquí S. narra la historia de un poeta –los personajes de los expresionistas eran a menudo, y curiosamente, expresionistas– cuya conciencia de que la renovación de su tiempo es la tarea principal del artista lo conduce de la mendicidad al umbral de una nueva vida. En 1913, después de tener una visión en la isla de Norderney, se convirtió al catolicismo y tomó la decisión de hacerse cura. Este estrambótico proyecto se vio truncado por el comienzo de la guerra: S. fue convocado a filas y murió en la batalla del Somme, tras ser gravemente herido.

Stadler, Ernst (Colmar, 11/8/1883 - Zaandvoorde, Bélgica, 30/10/1914). Poeta y académico. Tradujo a Francis Jammes, Charles Péguy y Honoré de Balzac, publicó poemas expresionistas que señalaron nuevos caminos a sus contemporáneos y escribió ensayos y recensiones sobre los más importantes: Carl → Einstein, René Schickele, Georg → Heym, Walter → Hasenclever, el gran Carl Sternheim, Franz → Werfel y otros. Su poesía, reunida en el volumen *Dichtungen, Schriften, Briefe* [«Poemas, escritos, cartas»], compilado por Klaus Hurlebusch y Karl Ludwig Schneider (1983), se caracteriza por sus versos largos y rimados, que la acercan al himno, y la elección de temas como la vida en la gran ciudad y el mundo del trabajo industrial. Su trayectoria militar –no muy diferente de las de A. → Lichtenstein y B. → Bählamm en su absurda carrera hacia la muerte– reúne la rapidez y el dramatismo que tienen los gestos de los dementes y de los poetas: fue reclutado el primero de setiembre de 1914, el nueve de octubre le entregaron la Cruz de Hierro al mérito militar y el treinta de octubre lo destrozó una granada inglesa.

Stramm, August (Münster, 29/7/1874 - Brest-Litowsk, Rusia, 1/9/1915). Poeta. Era un discreto empleado de la burocracia guillermina y un excelente marido, pero escribió poemas y dramas breves cuya radicalidad los sitúa por delante de su tiempo. Su poesía –por ejemplo, los poemas del ciclo *Du* [«Tú»] (1915)– ejemplifica las posiciones del grupo de poetas expresionistas reunidos alrededor de la revista *Der Sturm* [«El ataque»] (1910-1932), quienes rechazaban las convenciones del lenguaje, y destaca por una sintaxis destrozada, versos de una palabra, dobles sentidos, neologismos, repeticiones, abreviaturas y, en general, un movimiento de reducción y concentración. Si bien S. comenzó a escribir en 1902, en noviembre de 1913 asistió a una conferencia del futurista italiano Filippo Tommaso Marinetti en Berlín y destruyó todo lo que había escrito en los años anteriores. Su obra conocida en la actualidad fue escrita en los años 1914 y 1915 y de ella resulta difícil concluir si éstos fueron buenos o malos años para el autor, ya que, a su previsible satisfacción por el relativo éxito de sus piezas teatrales de un acto y el reconocimiento de los otros expresionistas, se sobrepone una seriedad y una carencia de ironía y sentido del ridículo que hacen saltar las lágrimas. S. murió como comandante de batallón cerca de Horodec, en Rusia, recordando probablemente un poema que había escrito ese año y que fue incluido en *Tropfblut* [«Sangre de gota», *sic*], un volumen de poemas acerca de la guerra publicado póstumamente en 1919 en el que a las evocaciones de lo horrible y el sinsentido se les otorga un nuevo significado como parte de un ciclo cósmico de devenir e infracción. El poema que S. quizá murió recitando, y que el lector debe completar, es «Im Feuer» [«En el fuego»]: «Tode schlurren / Sterben rattert / Einsam / Mauert / Welttiefhohe / Einsamkeiten» [«Muertos se arrastran / el morir tabletea / solo / cerrado en banda / alturas de la profundidad del mundo / soledades»].

Toller, Ernst (Samotschin bei Bromberg, 1/12/1893 - Nueva York, 22/5/1939). Poeta. Se presentó como voluntario al principio de la guerra pero fue herido de gravedad en 1917 y eximido de todo servicio posterior. Las experiencias en el frente hicieron del vitalista y nacionalista T. un pacifista y un socialista. En 1919 fue condenado a cinco años de cárcel por su participación en la República de los Consejos bávara y, tras su liberación en 1924, intentó radicarse en Suiza, Francia e Inglaterra para acabar finalmente en Estados Unidos; allí organizó acciones de ayuda para la población durante la Guerra Civil española y se ahorcó en una habitación de hotel tras una larga depresión después del triunfo de Francisco Franco. Su dramaturgia fue escrita principalmente en la cárcel y en los años inmediatamente posteriores y se ocupa de temas como la relevancia del socialismo y de la revolución en la creación del hombre nuevo, la legitimación de la violencia y la relación entre individuo y masa. Si bien se trata de piezas «revolucionarias» a la manera expresionista, T. acabaría alejándose de ese grupo y, en particular, disintiendo con su optimismo, como lo prueba la pieza *Der deutsche Hinkemann* [«El alemán Hinkemann»] (1923). Su autobiografía *Eine Jugend in Deutschland* [«Una juventud en Alemania»] (1933) es su última obra relevante. T. es considerado uno de los dramaturgos más importantes del período posterior a la primera guerra y anterior al ascenso del nacionalsocialismo conocido como «la República de Weimar».

Trakl, Georg (Salzburgo, 3/2/1887 - Cracovia, 3/11/1914). Farmacéutico y poeta. No era ningún pacifista, pero dos años después de la muerte de G. → Heym, T. se encontró en la guerra que Heym había pronosticado y deseado, más precisamente en la batalla sin sentido de Gródek, en la Galicia Oriental, en un hospital de campaña, rodeado de noventa heridos y actuando como enfermero pero sin médico ni medicamentos. Uno de los heridos, al ver que no había medicinas, se disparó un tiro en la sien en su presencia. Esto provocó a Trakl una conmoción; el escritor intentó también suicidarse pero fue desarmado por sus camaradas y trasladado al hospital militar de Cracovia para atender a su estado mental; allí murió de una sobredosis de cocaína, sin que quede claro si se trató de un error o de una acción meditada, ya que, por una parte, Trakl compartía con otros expresionistas los proyectos suicidas –éstos, el nacionalsocialismo y la gripe española fueron las principales causas de muerte entre los miembros del grupo; la miseria, la desesperación y la locura las inmediatamente siguientes– y, por otra, tomaba drogas desde los quince años –además de tener un amor incestuoso con su hermana Margarethe, cosa que, de todas formas, puede no haber contribuido a la supuesta decisión de suicidarse–, lo que lo convierte en alguien de quien cabe esperar cualquier cosa pero no una sobredosis. Su obra se compone del libro *Gedichte* [«Poemas»] (1913) y de otros poemas y textos sueltos aparecidos en la revista *Der Brenner* [«El quemador»], entre ellos una evocación de la batalla de Gródek con el título de «Am Abend tönen die herbstlichen Wälder» [«Por la tarde retumban los bosques otoñales»].

Walden, Herwarth (Berlín, 16/9/1878 - Saratow, Rusia, 31/10/1941). Editor y periodista. Fue marido de Else Lasker-Schüler y fundador y editor de la revista y editorial *Der Sturm*, junto con *Aktion* de Franz Pfemferts, la revista más importante del círculo expresionista. En la década de 1920 apoyó la causa de la Unión Soviética y en 1932 se exilió en Moscú, donde vivió como profesor de alemán hasta que en 1942 fue detenido en el marco de las purgas estalinistas. Murió en un campo de concentración. Su narrativa y dramaturgia breve –entre otros, *Das Buch der Menschenliebe* [«El libro del amor entre los hombres»] (1916), *Weib* [«Mujer» o «Hembra»] (1917) y *Letzte Liebe* [«Último amor»] (1918)– permanecen merecidamente a la sombra de su trabajo como editor.

Weisgerber, Albert (St. Ingbert, 21/4/1878 - Fromelles, 10/5/1915). Pintor. Fue amigo de Paul Klee, Wassily Kandinsky y Alfred Kubin, entre otros, y de los escritores Erich Mühsam, Joachim Ringelnatz, Ludwig Scharf y Theodor Heuss, a quienes retrató. Murió en Francia en 1915 siendo teniente, tras seis meses de esforzado e inútil servicio a la patria.

Weiss, Ernst (Brün, 28/8/1882 - París, 14/6/1940). Escritor. Fue médico militar en Hungría durante la guerra y más tarde se instaló en Berlín. En 1912 o 1913 había conocido a Franz Kafka, quien leyó algunas obras suyas y lo alentó a seguir escribiendo. W. publicó la novela *Die Galeere* [«La galera»] (1913), a la que siguieron *Der Kampf* [«La lucha»] (1916), *Mensch gegen Mensch* [«Hombre contra hombre»] (1919) y otras dieciocho obras más, en su mayoría novelas. Poco después del incendio del Reichstag, el veintisiete de febrero de 1933, abandonó Berlín y regresó a Praga, donde cuidó de su madre enferma hasta su muerte, casi un año después. Muerta la madre, W. huyó a París y allí, ante la imposibilidad de obtener un permiso de trabajo para ejercer la medicina, vivió de pequeños encargos de los periódicos del exilio alemán y, principalmente, de la caridad de Thomas Mann y Stefan Zweig. En este período escribió su última novela, *Der Augenzeuge* [«El testigo»] (1963), la autobiografía ficticia de un médico al que el internamiento en un campo de concentración lleva a dejar de ser testigo para convertirse en protagonista de la Historia luchando contra el fascismo y comprometiéndose con la causa republicana durante la Guerra Civil española. El catorce de junio de 1940, W. asistió desde su hotel a la entrada de las tropas alemanas a París. Ese mismo día se suicidó ingiriendo veneno y cortándose las venas en la bañera de su habitación. Una maleta llena de manuscritos que fue encontrada tras su muerte desapareció más tarde, y aún se desconoce el sitio donde su autor fue enterrado.

Werfel, Franz (Praga, 10/9/1890 - Beverly Hills, California, 26/8/1945). Dramaturgo, poeta y novelista. Fue soldado austríaco durante la guerra, primero en la Galicia Oriental y a partir de 1917 en Viena. En 1938 emigró a Francia con su esposa –Alma Mahler, con la que se había casado nueve años antes– y dos años después huyó a Estados Unidos a través de España y Portugal. Su poesía impresionó a los expresionistas por proponer la salvación de los hombres a través del espíritu de hermandad. Sus primeros dramas como *Der Spiegelmensch* [«El hombre espejo»] (1920), *Bockgesang* [«El canto del macho cabrío»] (1921) y *Schweiger* [«El callado»] (1922) y su prosa primera *Nicht der Mörder, der Ermordete ist schuldig* [«No el asesino, el asesinado es culpable»] (1920) articulan a la perfección el tono y el ideario expresionistas. Su obra posterior, compuesta principalmente por novelas históricas como *Die vierzige Tage des Musa Dagh* [«Los cuarenta días de Musa Dagh»] (1933), sobre la resistencia armenia contra los turcos, *Barbara oder die Frömmigkeit* [«Bárbara o la religiosidad»] (1929) o *Das Lied von Bernardette* [«La canción de Bernardette»] (1941) profundizan en la psicología de los personajes y enaltecen al individuo en detrimento de la divinidad en un marco de profundo nihilismo no completamente ajeno al expresionismo. Su «comedia de una tragedia» *Jacobowsky und der Oberst* [«Jacobowsky y el coronel»] (1943) le convierte en el único escritor alemán en el exilio estadounidense que gozó de cierto éxito en ese país.

LA HISTORIA DEL CAZADOR Y DEL OSO #1

Una de las cosas que más le gustaban era contar su vida como si fuera la de otra, y en cierta forma lo era, puesto que todo lo que había vivido se había esfumado. Le había tomado menos tiempo olvidarse de su vida que vivirla, lo cual quizá la hubiera hecho sonreír si hubiese sido consciente de ello; pero no lo era, o no siempre; la mayor parte del tiempo estaba allí sentada en un presente interminable, en el que la falta de referencias anteriores convertía cualquier cosa en una calamidad: la caída de una cuchara al suelo mientras comía, la lluvia en el rostro una mañana que había amanecido despejada o la visita de alguien que decía conocerla. Pero no había muchas personas que la visitaran: su hija –ella decía que era su hija– y un muchacho ruso, casi un adolescente, que a veces le hacía hacer movimientos con los brazos o le mostraba fotografías o, la mayor parte de las veces, se sentaba y la miraba y le contaba sus problemas. Ella suponía que se los contaba porque sabía que no iba a recordarlos luego. No tenía importancia; ella escuchaba y en ocasiones opinaba una cosa u otra, de acuerdo al tenor de las confesiones del muchacho ruso. Muchas veces éste le contaba de sus dificultades con el dinero o le hablaba de sus compañeros de piso, otros dos rusos que bebían demasiado y solían pelear continuamente con los vecinos y entre sí, o del clima o de lo que había aprendido esa mañana en el curso de enfermería al que asistía desde que había llegado de Rusia, un año atrás. No es que las historias fueran muy interesantes, pero el muchacho ruso sabía contarlas, salvando sus problemas de vocabulario con gestos o con palabras en ruso que ella no entendía pero que, de todas formas, podía comprender en los contextos en los que él las decía. En ocasiones, cuando el muchacho se había marchado ya, ella creía recordar lo que le había contado, fragmentos de conversación o –mejor aún– frases sueltas que recordaba que él le había dicho, cosas como «Mañana tengo mi segundo examen, pero no he estudiado lo suficiente» o «Hay una chica en el curso llamada Eva que es alta y tiene los ojos marrones y me gusta», pero nunca estaba segura de si éstas eran cosas que el muchacho ruso le había contado o si las había imaginado ella. Quizá, simplemente, él hubiera mencionado a una compañera de clases llamada Eva y ella hubiera inferido de la forma en que él había pronunciado su nombre que a él le gustaba, y luego, quizá, pensando en una Eva que había conocido, había imaginado que la Eva del ruso tendría los ojos marrones y sería alta. En ocasiones, apuntaba mentalmente que debía preguntarle al muchacho ruso sobre Eva, pero luego lo olvidaba. Muchas veces, si estaba mirando por la ventana o hacía cualquier otra cosa, alguna cosa que pusiera su atención *fuera* de ella, regresaba a sí misma y a la consideración de su estado olvidando por completo qué estado era aquél; por un segundo, se sentía nuevamente la persona que había sido cuando aún podía recordar las cosas, y dudaba de si en realidad todo su estado no era fingido, o el producto de una distracción, antes que una enfermedad irreversible. Su hija, la mujer que venía tres veces por día a darle de comer y vestirla, y que decía ser su hija, le respondía, cuando ella decía que no creía tener ningún problema, que se equivocaba; ella, despechada, le recitaba entonces un verso de Heine o de Schiller o de Goethe para demostrarle que su cabeza no estaba aún completamente vacía, pero su hija le respondía que esas cosas eran las últimas gotas, y que también acabarían secándose; de todas maneras, había algo raro en el hecho de que ella pudiera recordar tiradas completas de versos que había aprendido cuando era adolescente, principalmente de su padre. Ella tenía una biblioteca muy grande, una biblioteca compuesta de decenas de primeras ediciones que su padre había atesorado devotamente y que debían valer mucho dinero y que a veces su hija observaba un largo rato, como pensando qué hacer con ellas; cada vez que la veía haciendo eso, ella le decía que esas ediciones eran un patrimonio familiar y que nunca las vendería, y la hija rechazaba su argumento con la mano y se ponía a pasar la aspiradora o a hacer cualquier otra cosa que la mantuviera ocupada y lejos de ella durante los minutos que pasaba en la casa. Una imagen parecía aún permanecer en su cabeza, como una hoja que se resistiera a caer por la alcantarilla en un día de lluvia: su padre metiendo esos libros en cajas y guardando las cajas en un sótano y cerrando el sótano y echándose la llave al bolsillo interior de la chaqueta, y luego cogiendo una maleta y saliendo con ella de la casa mientras el ruido de las bombas, al que de todas formas ella se había acostumbrado ya, sonaba cada vez más cercano y amenazador. Su madre lloraba al dejar la casa, pero su padre sólo miraba al frente, en busca de un camión o un coche que los llevara al pueblo, donde no se combatía. ¿No había nada peor para alguien como su padre que tener que dejar tras de sí sus libros, ese hilo que lo unía a su familia y a una cultura, dos cosas que esa guerra parecía querer reducir a escombros?, pensaba ella en ocasiones, aunque tampoco estaba segura de no haber inventado eso también, o de no haberlo extraído de alguno de los libros que había leído. Quizá había leído una escena similar en algún libro acerca de la invasión de Napoleón a Alemania, quizá su padre nunca había dejado atrás sus libros, había podido acomodarse a las nuevas circunstancias como había podido acomodarse a las anteriores y a las anteriores o había abandonado efectivamente su casa pero se había llevado los libros con él. Finalmente, los libros estaban allí, y una tarde encontró también al muchacho ruso mirándolos. Esa tarde, el muchacho ruso le contó una historia rusa que su padre ruso solía contarle cuando era un niño ruso. Era la historia de un cazador que necesitaba una piel para protegerse del invierno que se acercaba y salió a buscar un oso, pero todos los osos estaban ya hibernando –el muchacho ruso no utilizó la palabra «hibernar» sino otra similar, pero ella entendió a qué se refería– o estaban en algún otro sitio, y el cazador no encontraba ninguno. Sólo uno estaba despierto, un oso enorme y quizá demasiado listo para ser un oso, que prefería pasarse el invierno mirando pasar el agua bajo el riacho congelado o sacudiendo los árboles y dejando que la nieve que acumulaban en sus ramas cayera y lo inundara, antes que hibernando, pero que tenía un problema: tenía hambre y había poco para comer en invierno en el bosque. Un día –esto era inevitable– el cazador y el oso se encontraron finalmente. El cazador se echó el arma al hombro pero no pudo disparar porque ésta estaba congelada porque el invierno era muy crudo y el oso que era demasiado listo para ser un oso, dándose cuenta, se abalanzó sobre él y se lo tragó. Y así, aunque podía parecer que la historia concluía cruelmente, contó el muchacho ruso, no lo hacía, ya que, como sucede en todas las historias rusas, decía, el oso obtenía lo que quería, que era alimento, y el cazador lo que necesitaba, que era abrigo. Ésa era la historia que contó el muchacho ruso, mientras afuera el sol se ocultaba entre los edificios. Un día después o quizá dos –todo era lo mismo para ella– el muchacho ruso le preguntó si ella recordaba la historia del cazador y el oso, pero ella no supo qué responder. Ese día el muchacho ruso le contó que necesitaba dinero imperiosamente porque no había aprobado su examen y, por lo tanto, tenía que estudiar un semestre suplementario. Ella asintió en silencio; realmente le gustaba el muchacho ruso, su sinceridad y su forma de hablar, haciendo gestos y llenando los huecos con palabras en ruso. En ocasiones, el muchacho ruso le mostraba fotografías y le pedía que le dijera qué le recordaban. Entonces ella inventaba algo; nunca aceptaba que no recordaba realmente en qué circunstancias habían sido hechas y a quién retrataban. En algunas aparecía una mujer rubia que podía ser ella, pero en otras aparecían otras personas y había incluso fotografías que parecían haber sido tomadas de una revista. Ella inventaba historias para todas: si en la fotografía aparecía una mujer rubia apoyada en un coche bajo el sol, ella decía que era una fotografía que le habían hecho en el Tiergarten de Berlín en 1954; si en otra aparecía un hombre con una niña en brazos, ella decía que ésos eran su marido y su hija y que la fotografía había sido hecha el día en que su hija había entrado a la escuela. Muchas veces, si estaba de buen ánimo y deseaba entretener al muchacho ruso, le contaba todo lo que había sucedido ese día, la forma en que había vestido a su hija y cómo la había acompañado a la escuela y el modo en que temblaba cuando la dejó en la puerta. El muchacho ruso siempre tomaba notas al dorso de las fotografías y, un día que fue un momento al lavabo, ella pudo verlas: en el dorso de la fotografía del hombre con la niña el muchacho ruso había escrito «26/02 Es un hermano suyo que murió durante la guerra, y su hija», «28/02 Es su padre con ella», «02/03 Es un presentador de la televisión y una niña que ganó un concurso», «04/03 Es su marido con su hija el día en que ella comenzó la escuela», «06/03 Es un amigo suyo llamado Hans y su hija el día en que ambos murieron en un accidente de tránsito»; la lista seguía. El muchacho ruso volvió del lavabo y le preguntó, sosteniendo la foto frente a sus ojos, quiénes eran. Ella dijo que eran un presentador de televisión y una niña que había ganado un concurso, y le contó en qué había consistido el concurso y qué preguntas había respondido bien la niña y en cuáles se había equivocado. El muchacho ruso sonrió y nunca volvió a mostrarle esa fotografía. Un día, quizá hubieran pasado semanas o meses desde que le contara la historia del cazador y del oso, o sólo días, ella lo vio coger un libro de la biblioteca y metérselo bajo el suéter antes de marcharse. Ella quiso decirle algo pero por alguna razón no pudo; se quedó allí sentada, temblando en la oscuridad mientras el dolor y la indignación fundados en el robo se convertían en un dolor y en una indignación carentes de fundamento, algo que la atravesaba y que le dolía sin que ella pudiera explicarse por qué, como cuando un niño es mordido por un perro que deseaba acariciar y, por un momento, todo lo que creía saber y tener por correcto se derrumba. Un tiempo después, quizá al día siguiente, ella ya lo había olvidado todo; antes de mostrarle las fotografías, el muchacho ruso le contó que había pagado el curso y que podría continuar estudiando. En su voz había algo parecido a la gratitud, pero ella no consiguió explicarse por qué. Entonces él le mostró una de las fotografías, una que le habían tomado con la niña un tiempo después de que regresara del hospital mientras la paseaba por un parque exhausto de invierno con árboles secos que parecían las manos de gigantes que se levantaran de la tierra en busca de más vida y de más preocupación y de más esperanza, y ella le contó al muchacho ruso que esa era la fotografía de una hermana de su marido llamada Sabine que había tenido una niña y que la niña era ahora maestra en Ratisbona, y el muchacho ruso tomó un par de notas y luego se levantó para encender una lámpara.

LA HISTORIA DEL CAZADOR Y DEL OSO #4

Una mujer con el cabello rubio y corto le dice que lo que a ella más le gustaba cuando estaba bien era contar su vida como si fuera la de otro. La mujer lleva el cabello a la altura de los hombros y sus puntas están erizadas por la electricidad. Quizá no sea muy vieja, aunque lo parece. «¿Quién eres?», le pregunta ella. «Soy tu hija», dice la otra. Ella anota todo con un lápiz antes de que se le olvide.

La mujer del cabello corto tiene una llave y entra a la casa cuando el sol sube y cuando el sol se pone y la viste y le da de comer. Si pasa algo que no ha planeado, si la mujer tira la cuchara al piso o si el día se arruina y llueve, se enoja, y la otra no sabe qué hacer. Un día, hoy, después de darle de comer, la mujer del cabello corto pone la televisión y lava un plato o pasa la aspiradora. Nunca le pregunta a la mujer cómo está. «Si eres mi hija –le dice un día–, eres una mala hija.» «No importa lo que pienses de mí –le responde la hija–, mañana no te acordarás de lo que has dicho, pero yo sí. Y un día me marcharé y te vas a joder, ya lo verás», le dice la hija.

No alcanza con anotarlo todo. También hay que saber dónde encajar cada nota. Y no se puede anotarlo todo, sólo algunas cosas, porque si las notas son muy largas ella se olvida por la mitad de por qué las toma.

La mujer del cabello corto termina de pasar la aspiradora y mira el reloj y luego camina hasta las estanterías y se queda mirándolas. Ella sabe un poco más de eso. Sabe que son los libros de su padre, todas primeras ediciones de libros clásicos de la literatura alemana que su padre reunió durante años. Sabe que valen su peso en oro, pero también sabe que son algo así como un recuerdo de su padre y algo que, si se esfuerza, le permite recordar una historia. «Quizá si nos desprendiéramos de alguno», dice la hija. «Nunca los vamos a vender», le responde la otra. «Eres una vieja miserable», dice la hija. «Me das asco. Ya te puedes ir olvidando de esto que te he dicho», dice.

Más tarde, hoy, tocan el timbre y la mujer del cabello corto abre. Y entra un joven. Ella se acerca y le dice: «Es Yuri, habla con él». Y Yuri dice: «Soy Yuri, ¿me recuerdas?». Y ella dice: «Por supuesto».

Yuri le hace subir los brazos y bajarlos. Y también las piernas. Ella no recuerda haberlo hecho cuando toma las notas, pero puede sentir aún el dolor en los miembros y por eso sabe que ha subido y bajado los brazos y también las piernas. Luego le muestra fotografías. «¿Quién es?», le pregunta. Es una mujer rubia y tiene una niña en brazos. «Soy yo», dice ella. «¿Quién es?», pregunta él mostrándole otra fotografía. «Soy yo», dice ella, pero la fotografía parece haber sido sacada de una revista. «No soy yo», dice ella. «¿Quién es?», pregunta él. «Soy yo», dice ella.

Ella toma notas a escondidas cuando el muchacho ruso va al servicio o se pone a mirar las estanterías de espaldas a ella, como si hubiera olvidado lo que estaba haciendo antes.

Si ella pudiera recordar las cosas, si no estuviera imposibilitada, se acordaría de que Yuri estudia enfermería, que ha llegado hace un año al país, que vive con otros dos rusos que beben demasiado, que suele sentarse y contarle sus problemas, quizá porque piensa que ella los va a olvidar de inmediato, que ella escucha y a veces opina una cosa u otra, de acuerdo a lo que el muchacho ruso le cuente, que siempre tiene problemas con el dinero. No es que lo que cuenta sea muy interesante, pero el muchacho ruso sabe cómo contarlo, moviendo las manos y diciendo cosas en ruso cuando no recuerda cómo decirlas en alemán. Ella no entiende esas palabras en ruso pero puede imaginarse lo que significan por la entonación que el muchacho ruso les da y por el contexto en el que las dice. Y sobre todo puede entender lo que el muchacho ruso siente porque a ella le sucede lo mismo. El muchacho ruso llena los huecos de lo que no recuerda con las palabras en alemán y ella llena los huecos de lo que no recuerda con las notas.

Y cuando el sol cae el muchacho ruso se marcha y un rato después llega la mujer del cabello corto. La mujer del cabello corto trae una bolsa enorme de pan. «¿De dónde has sacado ese pan?», pregunta ella. «Trabajo en una panadería», le responde la otra, y enciende el televisor.

«No puedo creer que pierdas el tiempo de esa forma», le dice la mujer del cabello corto cuando la ve tomando notas. «¿No te das cuenta de que aunque tomes miles de notas nunca podrás recordar de qué tratan? Ni siquiera te acordarás de que las has tomado», le dice.

Sin embargo, puede que su estado sea menos grave de lo que los demás creen, porque, si se esfuerza, puede recordar lo que le han contado, fragmentos de conversación, frases sueltas dichas por el muchacho ruso, cosas como: «Mañana tengo mi segundo examen, pero no he estudiado lo suficiente», o «Hay una chica en el curso llamada Eva que es alta y tiene los ojos marrones y me gusta». La mujer del cabello corto se sienta en una silla a su lado frente al televisor y le acerca una cuchara a los labios. Entonces le dice: «Hay una chica en su curso llamada Eva que es alta y tiene los ojos marrones y le gusta». «No digas estupideces», le responde la otra.

Quizá lo ha imaginado, totalmente o en parte. Quizá él ha dicho que le gusta una compañera de clase pero no ha dicho su nombre. Quizá él sólo ha mencionado a una compañera de clase llamada Eva y ella ha creído entender de la forma en que él ha pronunciado su nombre que ella le gusta. Quizá ha pensado luego en una Eva que ha conocido alguna vez y ha imaginado que la Eva del ruso sería como la que ella ha conocido, alta y con ojos marrones. Quizá realmente no recuerda nada. Quizá es verdad que su cabeza ha borrado toda su vida en menos tiempo de lo que le ha tomado vivirla y ahora sólo trata de llenar los huecos, pero, entonces, ¿por qué se acuerda de esa Eva?

La mujer del cabello corto la desviste y la mete en una cama, y al hacerlo intenta quitarle las hojas donde ella hace sus anotaciones. Ella se resiste, y la otra dice «Bah», y la deja. Se acuesta en la cama de al lado y apaga la luz. «¿Conoces tú una Eva?», le pregunta, pero la mujer del cabello corto se ha dormido ya o no desea responder.

Si ella se despierta antes de que su hija lo haga, si su atención está por unos instantes fuera de ella, ella regresa a sí misma sin darse cuenta de su estado, pensando que es la misma persona que debe haber sido cuando aún podía recordar las cosas, y se pregunta si su estado no es fingido, o el producto de una serie de distracciones, antes que una enfermedad irreversible. Si es la hija la que la despierta, el día está arruinado.

Mientras espera que la mujer del cabello corto regrese a darle de comer, ella se pregunta por qué, si su estado es irreversible, puede recordar tiradas completas de versos que, lo recuerda, están en los libros de las estanterías, o por qué recuerda claramente a su padre metiendo esos libros en cajas y guardando las cajas en un sótano y cerrando la puerta del sótano con una llave y echándose la llave al bolsillo interior de la chaqueta que lleva puesta, que es una chaqueta marrón, y luego cogiendo una maleta y saliendo con ella de la casa mientras a su alrededor el ruido de las explosiones, que es un ruido al que ella se ha acostumbrado, se vuelve más y más cercano. Y su madre.

Ella lee las notas anteriores sentada junto a la ventana y luego continúa escribiendo. Su madre llora al dejar la casa y, mientras camina, echa la vista atrás para verla, pero su padre mira al frente y busca un coche o un camión en el que puedan viajar al pueblo de sus padres, donde ya no se combate. ¿Se puede imaginar algo peor para alguien como su padre que tener que dejar tras de sí sus libros, ese hilo que lo unía a su familia y a su cultura, que eran las dos cosas que esa guerra estaba reduciendo a escombros?, piensa ella. Y luego el recuerdo, de alguna forma, se debilita, y ella piensa que quizá se ha inventado eso también o lo ha sacado de alguno de los libros que ha leído. Quizá su padre nunca ha dejado atrás sus libros y ha podido acomodarse a las nuevas circunstancias, como había podido acomodarse a las anteriores y a las anteriores, o ha abandonado efectivamente su casa pero se ha llevado los libros con él. Finalmente, los libros están allí y hay historias dentro y alrededor de ellos y ella las recuerda.

La mujer del cabello corto regresa al mediodía y la encuentra leyendo sus notas y sonríe irónicamente, y ella le cuenta la historia de su padre y de los libros y le pregunta por qué si ella está enferma puede acordarse de esa historia, pero la otra responde: «Es lo último que te queda. Acabarás olvidándote también de eso y te morirás con la cabeza vacía». Entonces ella tiembla y recita, casi a los gritos, un pasaje sacado de los libros, pero la otra no dice nada y ella está tan nerviosa que apenas puede anotar después lo que ha pasado.

Más tarde, hoy, tocan el timbre y la mujer del cabello corto abre. Y entra un joven. Ella se acerca y le dice: «Es Yuri, habla con él». Y Yuri dice: «Soy Yuri, ¿me recuerdas?». Y ella dice: «Por supuesto».

Yuri le muestra fotografías. «¿Quién es?», le pregunta. En la fotografía se ve a una mujer rubia que tiene una niña en brazos. «Es una presentadora de la televisión», dice ella. «¿Quién es?», pregunta él mostrándole otra fotografía. «Es mi hermana», dice ella, pero la fotografía parece haber sido sacada de una revista. «No, es la presentadora de la televisión», dice ella. «¿Quién es?», pregunta él mostrándole otra fotografía en la que se ve a una mujer rubia que tiene una niña en brazos. «Es mi hermana», dice ella.

Esa tarde el muchacho ruso le cuenta una historia rusa. Es la historia de un cazador que necesita una piel para protegerse del invierno que se acerca y es muy crudo y sale a buscar un oso, pero todos los osos están ya hibernando, pero Yuri no dice esa palabra sino una en ruso que ella entiende de todas formas, y sólo uno está despierto, un oso muy listo que tiene mucha hambre, y el cazador y el oso se encuentran finalmente y el cazador no puede disparar porque su fusil está congelado porque el invierno es muy crudo y el oso se lo traga y así, como sucede en todas las historias rusas, dice Yuri, el oso obtiene lo que quiere, que es alimento, y el cazador obtiene lo que necesita, que es abrigo. Y luego Yuri se queda callado un rato y después mira un momento más la estantería donde están los libros y se marcha.

Un tiempo después, quizá un día o dos después o tal vez ese mismo día, se abre la puerta y entra un joven, que le dice: «Soy Yuri, ¿me recuerdas?». Y ella dice: «Por supuesto». Entonces Yuri le flexiona los brazos y las piernas hasta que éstas duelen mucho y luego se sienta y le pregunta si recuerda una historia que le ha contado, la historia de un cazador y de un oso, pero ella no recuerda nada y dice que no, que no recuerda nada, y entonces él se levanta y coge un libro de la estantería y se lo mete bajo el suéter y sale y ella intenta gritar y no puede y se queda temblando de indignación, sin saber qué hacer, sola en la casa.

Ella está sentada en la oscuridad esperando pero no sabe qué espera. Se siente agitada pero no recuerda por qué. Se pregunta si podrá leer las notas que ha escrito antes cuando alguien prenda la luz o si le pasará como en una ocasión anterior, cuando escribió durante toda la noche y por la mañana descubrió que lo que había escrito era ilegible. Se escuchan ruidos en la puerta y entra una mujer con el cabello rubio y corto. «¿Quién eres?», le pregunta ella. «Soy tu hija», dice la otra. Ella anota todo con un lápiz antes de que se le olvide.

Más tarde, hoy, tocan el timbre y la mujer del cabello corto abre. Y entra un joven. Ella se acerca y le dice: «Es Yuri, habla con él». Y Yuri dice: «Soy Yuri, ¿me recuerdas?». Y ella dice: «Por supuesto».

Yuri le pregunta si recuerda una historia que le he contado de un cazador y de un oso, pero ella no recuerda nada y dice que no, que no recuerda nada, y entonces él dice que ha salido mal en su examen y que tiene que estudiar un semestre suplementario y que ya lo ha pagado y ella nota agradecimiento y vergüenza en su voz pero no sabe por qué pero asiente en silencio. Entonces Yuri le muestra unas fotografías. «¿Quién es?», le pregunta. En la fotografía se ve a una mujer rubia que tiene una niña en brazos. «Es una hermana mía que se llama Eva», dice ella. «¿Quién es?», pregunta él mostrándole otra fotografía. «Soy yo», dice ella, pero la fotografía parece haber sido sacada de una revista. «Un momento», dice Yuri y se marcha al lavabo y entonces ella aprovecha para mirar las fotografías que deja sobre la mesa: en algunas aparece una mujer rubia que puede ser ella, pero en otras aparecen otras personas y hay incluso fotografías que parecen haber sido tomadas de una revista. En el dorso de una en la que aparece la mujer rubia que pasea a una niña por un parque con árboles secos que parecen las manos de gigantes que se levantan de la tierra en busca de más vida y de más preocupación y de más esperanza alguien ha anotado: «26/02 Es una hermana suya llamada Heidi paseando a su hija en un parque de Gelsenkirchen», «28/02 Es su madre con ella», «02/03 Es una presentadora de la televisión y una niña que ganó un concurso», «04/03 Es ella con su hija el día en que comenzó la escuela», «06/03 Es una amiga suya llamada Sabine y su hija el día en que ambas murieron en un accidente de tránsito». Entonces el muchacho ruso regresa del lavabo y ella deja las fotografías sobre la mesa y el muchacho toma una donde aparece la mujer rubia que pasea a una niña por un parque con árboles secos que parecen las manos de gigantes que se levantan de la tierra en busca de más vida y de más preocupación y de más esperanza. «¿Quién es?», pregunta, y ella piensa que debería decir la verdad pero también piensa que quizá esté pagando por algo terrible que ha hecho en el pasado, algo que no recuerda, y dice «Es una hermana de mi marido que vivía en Ratisbona durante la guerra», y entonces el muchacho sonríe y se levanta a encender una lámpara.

LA VISITA AL MAESTRO

Sobre la bahía se alzaba una roca que ascendía en una especie de remolino hacia el cielo y luego parecía dejarse caer sobre el pueblo; allí donde la roca terminaba y comenzaba el cielo, había un monasterio en ruinas. En el momento en que apoyó el lápiz sobre su libreta, ella notó que sólo podía abarcar la totalidad del paisaje si se situaba imaginariamente en un punto de observación ubicado más allá de la bahía y frente a ella, en el medio del mar, pero ella sólo hacía bocetos de aquellas cosas que veía y no de las que imaginaba que vería si estuviera en otro sitio, y por esa razón guardó el lápiz y la libreta en un bolsillo. Un automóvil se detuvo a su lado; de él descendió una pareja, ambos eran gordos, ella se ayudaba al caminar con un bastón, y discutían desganadamente, como sólo lo hacen aquellas personas cuya vida en común es una larga, ininterrumpida discusión. Se metieron dentro del banco que se encontraba junto a la parada del autobús y entonces ella dejó de observarlos y vio que aún estaba allí donde el autobús la había dejado algunos minutos atrás. Miró nuevamente el pueblo y la bahía esforzándose por fundirlos de alguna forma en una perspectiva que le permitiera poder hacer el boceto, pero no lo logró. En cambio, al echar una mirada al puesto de periódicos que había junto a la parada del autobús, vio que en los anaqueles sólo había revistas viejas, casetes de músicos ya muertos u olvidados que eran, en sí mismas, productos también de una tecnología superada. Se dijo que, si se acercara más, si mirara los titulares de los periódicos, puestos cabeza abajo para que los ociosos que esperaban el autobús no pudieran leer sus titulares y tuvieran que comprarlos, sólo vería noticias viejas, como si para alcanzar el pueblo no hubiera atravesado una distancia específica, la que existía entre el pueblo y la ciudad principal de la que había partido en el autobús esa mañana, sino una cantidad indecible de tiempo.

Una vez, hablando sobre otro escritor, el hombre al que ella había venido a visitar, y a quien secretamente consideraba su maestro, había escrito en un periódico que la verdadera condición del genio consiste en que se encuentra un par de minutos por delante de sus contemporáneos; y sólo un par de minutos, decía, porque una distancia temporal mayor –digamos, un año– acarrearía la incomprensión, un retraso considerable y el mote de retardado, que, por alguna razón, tan poco honroso resulta, y porque la sincronía perfecta sólo da buenos vendedores de seguros. Un par de días después de que leyera aquel artículo, y después de comentarlo en una carta, ella había recibido a vuelta de correo una larga diatriba en la que, despojado ya de las consideraciones que cualquier escritor tiene para con quienes leen sus artículos en la prensa dominical, su maestro le decía que él, en realidad, pensaba que el vivir por delante de los acontecimientos debía ser el infierno en la tierra. Mientras miraba las casetes y las revistas viejas en el puesto de periódicos, ella creyó entender que, mientras despreciaba el futuro, su maestro vivía en un lugar que se encontraba a la zaga del tiempo, un lugar donde las cosas nadaban contra la corriente intentando alcanzar un presente que siempre se encontraba más allá, avizorado en la estación de autobuses del pueblo pero sólo expresado en su plenitud cuando, después de un par de horas, se llegaba a la gran ciudad, de la que ella había partido esa mañana casi sin notarlo, ocupada en la lectura de un libro de su maestro, sin saber que, mientras el tren atravesaba decenas de pueblos turísticos, que consistían sólo en edificios altos de aspecto deslustrado situados de un lado de las vías y una extensión de arena inmaculada de la otra, avanzaba, en realidad, hacia el pasado.

Se arrancó a sí misma del puesto de periódicos y cruzó la calle para sentarse en un banco del paseo marítimo. Frente a él, una roca había sido unida a la orilla con un puente estrecho de cemento y dividía así la bahía en dos partes, que a un tiempo se unían y se separaban al tocar la roca, sobre la que ondeaba la bandera del país. Un par de turistas de aspecto fatigado se sacaba fotografías sobre ella en ese momento; al terminar, desanduvieron el camino en dirección al espigón y, aunque a la distancia le habían parecido ancianos, cuando se acercaron a ella pudo notar que eran jóvenes, sólo un poco mayores que ella en realidad, pensó, aunque parecían ya supervivientes de una terrible catástrofe, de un terremoto o de un matrimonio convencional, con trabajos regulares, coche a plazos, a medio camino entre los padres despóticos que los habían precedido y moldeado y los hijos despóticos que los sobrevivirían. Quizá habían comprado esas vacaciones varios meses atrás y ya no recordaban exactamente por qué, al ver en un catálogo las fotografías de la roca que coronaba la bahía, habían decidido ir alguna vez allí y sacarse una fotografía sobre ella. Ninguna forma de amor puede sobrevivir a la planificación de las vacaciones, pensó ella, y recordó un cuento de su maestro en el que una pareja se va de vacaciones a un pueblo junto al mar a salvar su matrimonio o a pescar un tiburón, «lo que suceda primero». No recordaba bien qué pasaba después, aunque creía que ninguna de las dos cosas tenía lugar, con lo que el cuento resultaba fatalmente realista.

Ella cogió el lápiz y dibujó sobre su cuaderno el croquis de la bahía, y descubrió que ésta se parecía a los pechos de una diosa marina, una diosa que los ofreciera al pueblo como alimento y permanente consuelo para los hambrientos y los afligidos, que sin duda serían multitud allí. Sobre el dibujo de la bahía, en la libreta, una vieja libreta no más grande que la palma de su mano, puesto que así las prefería ella, se encontraba el teléfono de su maestro, escrito por él mismo cuando se conocieron en una pequeña ciudad alemana, en una noche llena de inconvenientes.

En aquella ocasión, su maestro había ido a presentar un libro suyo traducido al alemán y se había visto envuelto en la situación ridícula de que la persona encargada de traducir el diálogo con el público estaba tan nerviosa que lo decía todo al revés. El maestro decía, por ejemplo, «Escribí este libro sin tener en mente la forma de hacer literatura en mi país», y el traductor afirmaba «Escribió este libro teniendo en mente la forma de hacer literatura en su país», y así durante toda la noche. Ninguno de los presentes, muchos de los cuales comprendían perfectamente el español, dijo nada, pero ella alzó la mano y dijo que no estaba siendo bien traducido y eso le hizo ganarse su cariño. Por eso, en la cena posterior, hablaron de la literatura del país de ella, que él conocía como si fuera la del propio, de la vida en Alemania, de los libros de él, que ella había leído, de los que no había leído aún pero leería después, y de la comida mexicana, a la que ella tenía un temor supersticioso. Más tarde, esa misma noche, él cogió la libreta de ella y anotó su número de teléfono y le dijo: «Si algún día vienes, llámame». Y luego se marchó.

Se escribieron decenas de cartas desde ese momento, e incluso se vieron en un par de ocasiones más, pero nunca en el pueblo donde él vivía, del que a veces él le decía que se parecía al sitio en Chile donde había nacido y en otras afirmaba que era como un paisaje que él había visto en sueños con la certeza absoluta de que ese paisaje, que sólo podía existir en el infierno, era el que vería cuando abriera los ojos tras la muerte; curiosamente, decía, ese paisaje se parecía bastante al del sitio en Chile donde había nacido, lo cual lo llenaba de perplejidad y de espanto al pensar que el infierno pudiera ser la región X de Chile. Una parte importante de sus cartas estaba a menudo destinada a describir esa región infernal de la que él decía provenir y en la que, estaba convencido, acabaría despertando un día, cuando muriera; otra parte, no menos considerable, era destinada a los chismes literarios, como si en sus cartas se dispusiera, tras la descripción geográfica del infierno, a explicar su etnología. Naturalmente, también había consejos destinados a ella: que no bebiera, que no se tomara en serio, que no olvidara que una línea verdadera valía más que el consentimiento de cualquier editor. Eran buenos consejos y ella los tenía en cuenta, pero su vida era demasiado difícil, pensaba ella, y a veces los chismes no eran suficiente para alegrarla un poco.

En una ocasión, recordaba, ambos habían coincidido en la presentación del libro de un autor importante, de un autor que lo había ganado todo y que lo había sido todo: había sido comunista y luego capitalista y finalmente ya no era nada, sólo un escupitajo, una línea en las páginas de la literatura en español y un benefactor del turismo de su país, puesto que sus libros arrastraban a miles de personas deseosas de ver con sus propios ojos ese sitio del que hablaban, donde la gente era tan pobre y tan feliz; esos lectores eran gente más bien sencilla que suponía que los habitantes de ese sitio eran felices porque carecían de las complicaciones de la vida moderna con las que ellos vivían, como servicios sanitarios, electricidad y alimentos. No era casual que la mayoría de sus lectores fueran alemanes, ya que los alemanes creen, por alguna razón, que cualquiera es feliz si vive en un país sin hospitales. El caso es que ella y su corresponsal languidecían en la presentación del libro hasta que sucedió algo inesperado: a la sala entró una mujer alta, rubia, de una elegancia y una belleza que no tenían parangón, y alguien susurró: «Es la otra». Los susurros se multiplicaron por todo el salón, diciendo siempre lo mismo de maneras sólo superficialmente diferentes, y la mujer avanzó arrastrando esa pesada losa. Ella se preguntó por qué iba a un lugar así, donde sabía que todos la verían con pena y asco y algo de compasión, pero entonces sucedió la otra cosa sorprendente de la noche: una mujer se levantó y se acercó a ella. Era más baja que la otra y tuvo que ponerse en puntas de pie para fingir que le besaba las mejillas, primero una y luego la otra. Desde el sitio donde ella y él se encontraban no podían ver su rostro, pero sí podían observar el rostro de la amante, sobrecogido en una expresión de enorme desprecio al saludarla; también podían ver que luego, en el momento de cruzar algunas palabras de compromiso con ella, dejaba vagar su vista por el salón, como si la mujer de su amante fuese de vidrio sólido. Entonces ella y él estuvieron absolutamente de acuerdo, aunados en esa opinión de manera arrebatadora, con la alegría de niños que desearan gritarlo a los cuatro vientos, que su favorita sería, desde ese momento y para siempre, la amante.

Ella se preguntó por qué no había escrito sobre aquello, ya que en esa ocasión había prometido firmemente hacerlo. Un barco se acercaba a la bahía y parecía dejar detrás de sí una estela de humo, como los viejos vapores, pero, al acercarse aún más, ella notó que no era humo lo que flotaba detrás del barco sino una bandada de gaviotas que se lanzaba sobre la cubierta una y otra vez y perseguía al barco como la mala suerte. Entonces comenzó a dibujar la estela del barco, y no notó cuando alguien se sentó a su lado. Cuando levantó la cabeza, vio que era un adolescente un poco más joven que ella, que la observaba con curiosidad. «¿Qué dibujas?», le preguntó. «Tonterías», respondió ella. «Siempre estoy dibujando cosas», agregó, y se levantó; el barco casi había llegado al espigón. «¿Puedo acompañarte?», preguntó él. «¿No tendrías que estar en la escuela?», sugirió ella sin dejar de mirarlo. «Jamás volveré a poner un pie allí», juró él solemnemente.

Él le recordaba a alguien. Mientras caminaban en dirección al espigón, pensó que le recordaba a su maestro, y volvió a preguntarse por qué había venido, si era sólo para completar la enciclopedia íntima de los escritores a los que había conocido y admirado, aquellos a los que había consultado en busca de la solución de una frase o de un consejo, y de los que a menudo había recibido críticas devastadoras y palabras de aliento e incluso cosas más útiles como la recomendación de comer abundantes verduras, la sugerencia de un disco o las instrucciones para hacer funcionar una impresora, en fin, la compañía en las horas de desesperación y de duda. ¿No era ésa, precisamente, la función del maestro?, se preguntaba muchas veces, y a menudo agregaba, ¿no es la relación entre maestro y discípulo de ese tipo de relaciones cuya condición de existencia es que no se la nombre jamás? Si ella hubiera podido, pensaba, le hubiera dicho a quienes caprichosamente había tomado por maestros que lo eran, pero eso hubiera desbaratado el vínculo para siempre. Y, sin embargo, ésa no era sino una más de las dificultades de la vida literaria.

Estaban sentados en el espigón mirando la bahía cuando el adolescente le preguntó: «¿En qué piensas?». Ella no respondió nada. «¿No eres de aquí, verdad?», le preguntó él. «Soy alemana», respondió ella. «Mi padre tenía muchos amigos en Alemania, pero siempre decía que la comida allí era pésima», dijo el adolescente. Ella sonrió. «Mi padre es escritor; quizá lo has leído. ¿Te interesan los libros?», preguntó él. «Un poco», respondió ella. Entonces él dijo el nombre de su padre y ella miró la bahía un instante conteniendo el aliento y luego dijo que no, que nunca lo había leído.

Se quedaron en silencio un largo rato, viendo un barco amarrar en el espigón. Era el mismo barco que ella viera acercarse a la bahía, sólo que las gaviotas lo habían abandonado ya y, en ese momento, la acción era desarrollada por una media docena de marineros, que desparramaban cestas repletas de pescados sobre la cubierta y luego los distribuían en cajas; cuando las cajas estaban llenas, las tapaban y las apilaban en un rincón. En ocasiones, algún pescado que todavía agonizaba daba un salto y caía a la cubierta, pero algún marinero lo volvía a meter de inmediato dentro de la caja y repetía la acción una o dos veces hasta que el pescado parecía morir finalmente, aunque sus branquias se abrían intermitentemente durante un rato más.

Los marineros hacían eso con rapidez y sin pensar, al parecer; en sus manos, la masa informe de color plateado se convertía en pescados de diferentes tipos –aunque a ella le parecían todos iguales–, que caían en las cajas, y estrellas de mar, erizos, objetos que no tenían relevancia alguna para los marineros, y que ellos arrojaban por la borda. Ella se preguntó si los que los pescadores desestimaban podrían sobrevivir, si los daños que habían padecido durante su cautiverio no serían irreversibles, pero no se atrevió a preguntarle a nadie. Los pulpos, que, aunque escasos, ocupaban por sí mismos una caja, se dejaban caer fuera de ella y se arrastraban por la cubierta en dirección a la borda pero, cada vez que uno de ellos estaba por alcanzarla y, con ello, precipitarse en la salvación, un marinero lo cogía y lo devolvía a la caja; los pulpos se agarraban de la cubierta con sus tentáculos y el marinero tiraba de ellos, en la mayor parte de los casos absolutamente ausente de lo que estaba haciendo, y, tras algunos forcejeos, los pulpos se despegaban con el ruido de una ventosa. Sin embargo, tan pronto como caían en la caja volvían a arrastrarse fuera de ella y trataban de llegar a la borda con una tenacidad que a ella le parecía dolorosa y que le recordó la de los perros abandonados, que enloquecen y mueren sin dejar de buscar el hogar de quienes los han repudiado, y luego, pareció recordar otra cosa completamente diferente, una tarde que había pasado junto a un hombre caminando por un cementerio alemán.

Habían llegado a él casi por casualidad, siguiendo un camino estrecho en la periferia de la ciudad en la que ambos vivían. En el camino se habían encontrado con las vías del tren, custodiadas por policías que hablaban por sus teléfonos móviles. Él le había explicado que ese día pasaría el tren que transportaba desechos nucleares de una central francesa a un sitio de deposición cerca de allí y que los ecologistas intentarían detenerlo como forma de protesta. Ella le preguntó si estaban contra el tren porque contenía elementos radiactivos o porque era francés, aunque, en realidad, pensó que, si un tren cargado de elementos radiactivos pasara cerca de ella, ella no haría nada por detenerlo; por el contrario, se sentiría aliviada al verlo desaparecer en el horizonte. Entonces llegaron al cementerio, cubierto de hojas secas en esa época del año, y estuvieron caminando entre las tumbas, haciendo breves comentarios sobre los nombres que veían escritos en las lápidas, un poco incómodos por el hecho de que la mayor parte de los muertos más antiguos habían muerto más o menos a la edad que ellos tenían, como si ambos tuvieran alguna clase de culpa en ello. Y luego atravesaron un campo sembrado de cruces de muertos en las dos guerras mundiales, cruces que eran todas iguales y que, suponía ella, debían ofrecer el consuelo a sus familias de que muchos otros estaban en su misma situación, incluso otros que habían sido más ricos o más bellos o más afortunados pero que finalmente sólo habían recibido lo que los otros, un poco de tierra y el repudio de sus connacionales por haber perdido. Entonces llegaron a un lago y allí él la cogió de la mano. Sólo la cogió de la mano, sin atreverse a hacer nada más o quizá satisfecho sólo con su cercanía física. Ella pensó que quería besarlo, pero no lo hizo. Entonces regresaron a su piso y él se despidió en la puerta. Fue una de las mejores tardes que pasó en ese país y en esa ciudad, y, al día siguiente, leyó en el periódico que un activista que se había encadenado a las vías para protestar por el tránsito del tren con materiales radiactivos murió camino del hospital después de que el tren, que no pudo ser frenado a tiempo, le cercenara las piernas, y ella entendió, de alguna manera, que lo que le había sucedido a aquel activista era el reverso exacto de lo que le había pasado a ella en el cementerio, y pensó que en el mundo había una cantidad limitada de felicidad que iba pasando de persona en persona, y pensó también que sus momentos de infelicidad eran los de felicidad de otra persona y odió lenta pero compasivamente a esa otra persona, a la que jamás conocería.

Se puso de pie y el adolescente lo hizo también, y ambos comenzaron a caminar en dirección a la parada del autobús. «¿Has venido a ver a alguien?», preguntó el adolescente. «Sí, pero ya no vive aquí», respondió ella. Entonces recordó a su maestro y a los pulpos que no podían salvarse; pensó en ello y rompió a llorar. «¿Por qué lloras?», preguntó él. «Si pudiera los salvaría a todos», atinó a decir ella. «Es curioso –dijo él, después de un instante–: mi padre dijo alguna vez algo parecido.» Entonces el adolescente miró el mar y la playa, en la que ya se proyectaban las sombras del pueblo y de la roca sobre la que el pueblo estaba construido, y dijo: «Una vez, cuando aún no vivíamos aquí, mi padre me llevaba a la escuela. Era muy temprano por la mañana y en la radio, en un programa de literatura o lo que fuera, habían invitado a Jaime Gil de Biedma. Supongo que por entonces Gil de Biedma estaba muy viejo y todo para él tenía la importancia de quien se despide y, al mismo tiempo, la falta de relevancia de quien comprende que el mundo ya es cosa de los otros. El locutor le pidió que leyera un par de poemas suyos y entonces Gil de Biedma los leyó, con voz altisonante y al mismo tiempo fragilísima, una voz que parecía mostrar que la poesía es, en su misma fragilidad, más dura y más eterna que una roca, y entonces mi padre aparcó el coche y se llevó las manos a la cara y yo le pregunté "¿Por qué has aparcado?", y él respondió "Porque no puedo ver a través de las lágrimas", y lloró un rato largo y luego dijo "Si pudiera, los salvaría a todos", y entonces yo entendí que no lloraba por Gil de Biedma ni por la poesía, sino que lloraba por él, por lo que había querido ser y por lo que era y por todos los escritores hundidos en el alcohol o en el desprecio e incluso por aquellos que, habiendo podido ser grandes, sólo habían sido mediocres o nulos, y por todos los escritores que no podrían evitar ser como él».

Ella miró al adolescente a través de las lágrimas, pero el adolescente miraba la playa y ni siquiera pareció notar que el autobús se había detenido. Ella subió a él pero antes de que la puerta se cerrara dijo: «Salúdame a tu padre; dile que es un valiente». Y después las puertas se cerraron y el autobús arrancó. Ella vio un momento más al adolescente, de pie en la parada, vio que sus labios se movían y vio de fondo el mar y la roca que dividía la bahía y la bandera del país y luego todo eso se perdió de vista.

EL MUNDO SIN LAS PERSONAS QUE LO AFEAN Y LO ARRUINAN

Una mujer de unos cuarenta y dos o cuarenta y tres años suele pasear por la Schillerwiese, un extenso parque de una ciudad alemana. Lleva siempre una pequeña cámara digital consigo y se dedica a fotografiar niñas cuando orinan detrás de los árboles. Pese a que quienes le interesan son las niñas, también fotografía a veces a niños, aunque considera, por alguna razón, que esto carece de encanto alguno debido a que para los niños es más sencillo hacerlo. Siempre está cerca de los juegos para la infancia y del arenero, y su aspecto hace pensar más bien en la madre de alguno de los niños que juegan, antes que en una fisgona, aunque, quienes la ven a menudo y comprueban sus modales estrafalarios, sin dudar en absoluto de su maternidad, sienten pena por los niños de la mujer sin conocerlos.

La mujer suele fingir desinterés pero permanece alerta incluso cuando simula leer un artículo en un periódico o alisar los pliegues de su chaqueta. Su atención se dispara cuando algún niño abandona el arenero, en particular aquellos que antes han cruzado un par de palabras con sus padres y éstos les han señalado un sitio más allá, ya que de seguro ésta no fue sino una indicación para que orinen en alguna parte. Cuando la mujer distingue unas señas de este tipo, se levanta rápidamente y avanza en dirección contraria a aquella a la que el niño o la niña se dirige. Tiene piernas más largas y sabe que, incluso dando un rodeo, llegará antes que el niño o la niña a un sitio conveniente desde el cual tomar las fotografías. Es este pequeño truco el que ha evitado durante mucho tiempo que fuera sorprendida, aunque la mujer desprecia esta precaución porque lo que más le gusta es fotografiar los preparativos, en particular si su modelo es una niña, para los que el truco apenas le deja tiempo. La mujer prefiere el momento en que la niña se baja los pantalones o se mete las manos bajo la falda para tironear de su ropa interior y luego se agacha y suelta un chorro de orina clara. Ésos son los momentos que le gusta fotografiar y, si tiene la oportunidad, prefiere registrarlos a todos. En ocasiones sucede que los pliegues de las faldas o de los pantalones impiden a la mujer apreciar el chorro de orina, pero siempre se las arregla para quedar más o menos de frente a sus retratadas y poder fotografiar, al menos, el rostro de serena preocupación que exhiben las niñas al notar que el resto de los participantes del juego en que ellas estaban tomando parte se encuentran incumpliendo alguna norma que ellas han dispuesto y que les parece de suma importancia para salvaguardar su correcto desarrollo; cuando han acabado de orinar, se suben las bragas con rapidez y corren a recuperar el control de la situación, y la mujer regresa a su sitio.

Si estas fotografías pudieran ser exhibidas, algunos verían en ellas un interesante muestrario de ciertas potencias femeninas surgiendo de la nada, cuando, en el desarrollo de esos juegos, la niña comprende que la frialdad y el tacto en el control de los otros son las únicas armas que posee. Sin embargo, las fotografías no son exhibidas. Más aún, su misma condición de existencia es que no sean vistas jamás por nadie, excepto su autora, y, así, ese momento permanece a salvo de los curiosos de lo femenino.

Cuando la última niña se marcha del brazo de un progenitor exhausto o tal vez de una madre que ha bebido té con otra madre que lo extraía de un termo plateado y le ha contado, quizá, una infidelidad –esto sucede muy a menudo, y todas las veces la mujer se siente asqueada y piensa en no volver más a los parques–, la fotógrafa regresa a un pequeño piso de la Seguridad Social que ocupa, conecta la cámara digital al ordenador, descarga y clasifica las fotografías. Utiliza un código de tres letras y dos números para ordenar las imágenes: «Jun» seguido de número para los niños y «Mäd» seguido de número para las niñas, aunque, habiendo alcanzado tiempo atrás la clasificación «Mäd-99», y siéndole imposible continuar de esa forma, ha prolongado la serie utilizando la abreviatura «Mäe»; si algún día alcanza la «Mäe-99», pasará a utilizar «Mäf», y así sucesivamente. Esto lo ha pensado mucho y está completamente segura de que es el método más adecuado.

Siendo tan excéntrica, la mujer no es tonta, sin embargo, como lo muestra su ingenioso método de clasificación. Más aún, ha sido distinguida varias veces por su inteligencia en la escuela y gozó de cierta consideración durante el tiempo en que trabajó en la filial de un banco. Sin embargo, las cosas empezaron a torcerse para ella o, mejor dicho, a su alrededor, y el desfile de novios de sus compañeras, los niños que inevitablemente acababan llenando sus vidas tan pronto como el matrimonio dejaba de hacerlo, la sorna o las sospechas que alimentaba su soltería, y su carácter cada vez más amargo, la hicieron caer en una depresión, en la que rompió con los amigos que tenía –a los que consideraba, por alguna razón, inmorales– y comenzó a faltar sin justificación al banco.

Un día le enviaron un médico que diagnosticó la depresión y le ayudó a tramitar una licencia de un año. La mujer empezó a frecuentar los parques, al principio sin segundas intenciones, más tarde atraída por la belleza y la simpatía de los niños, que tal vez ella deseara para sí, y luego, un poco sorprendida, por el placer que le provocaba ver a las niñas orinando. Un placer, de todas formas, que duraba tan poco que ella descubrió que debía prolongarlo, y así compró una cámara. Naturalmente, la mujer comprendió desde el principio que no podía entregar las fotografías a un tercero para su revelado, y por esa razón tomó parte de un taller de fotografía organizado por la Oficina de Empleo con la finalidad de facilitar la reinserción laboral de los desempleados, y en él aprendió a revelar en su casa, donde, sellando las ventanas con cinta aislante, consiguió crear las condiciones necesarias para el procedimiento. Más tarde, la aparición de las cámaras digitales la liberó de esos inconvenientes, que encarecían el proceso y lo demoraban.

La mujer no se reintegró al trabajo después de que transcurriera el año de licencia, y comenzó a vivir del seguro de desempleo primero y luego de la ayuda social. Sus gastos se redujeron a los necesarios para la subsistencia, y empezó a utilizar su ropa hasta que ésta, rompiéndose en una parte o en otra, resultaba inutilizable. En la actualidad, suele andar con unos leotardos rojos, una camiseta azul y un suéter rojo de cuello alto. En invierno lleva también una chaqueta militar, adquirida en una tienda del Ejército de Salvación. Ésa es, además, la ropa que utiliza para dormir; hace tiempo que renunció a lavarla o a higienizarse a sí misma. La obtención de las fotografías y su clasificación absorben todo su tiempo, y el que queda libre, que es más bien poco, está destinado a ir al supermercado, donde suele comprar un paquete de seis cervezas en botellas de plástico y una botella de aguardiente, y detenerse en un puesto de comida donde compra un pollo asado con patatas fritas. Si el dueño del puesto, que es serbio, no la deja sentarse con los clientes –lo que pasa a menudo, debido a su olor principalmente–, ella se lleva el pollo y lo come en la calle o, si hay nieve y estar fuera es inconveniente, en su piso, mientras alterna las cervezas con tragos del aguardiente. Sin embargo, la obtención de las fotografías y su clasificación son tareas que toman mucho tiempo, y, por ello mismo, los almuerzos son breves.

La clasificación de las fotografías es casi tan importante como su visión y constituye una deliciosa postergación del momento en que ella, sentada frente al ordenador, empieza a pasar las fotografías y, cuando llega a una especialmente clara, a una en la que la niña fotografiada y el chorro de orina se ven con todo detalle, se lleva la mano a la entrepierna. La mujer presiona un poco la vulva fingiendo preguntarse qué hará a continuación, hasta que el deseo es tan fuerte que mete la mano bajo los leotardos y se masturba. En ocasiones el placer no es tan fuerte porque la visión de las fotografías resulta rutinaria, pero ella se masturba de todas formas. Muchas veces llora, mientras se masturba o después; cuando ha acabado, apaga el ordenador y se echa en la cama sin quitarse la ropa. Siempre, invariablemente, sueña que ella es una niña y que el mundo es como era en su infancia, sin las personas que, más tarde, lo afean y lo arruinan.

EL MECANISMO DE LA HISTORIA

Mientras me encontraba en la pequeña isla de Juist, un incidente sin importancia –yo había estado cenando en un restaurante y el camarero tardó una buena docena de minutos en traerme la cuenta, pese a que el local estaba vacío– llevó a que perdiera el último barco del día en dirección al continente. Había llegado esa mañana con la intención de escribir un artículo para una revista de viajes acerca de esa región del mar del Norte que los alemanes llaman Frisia Oriental, pero, ya antes de cruzar a la isla, mientras me encontraba aún en Norddeich, había comprendido que ni siquiera el engaño y la exageración, que son tan útiles para quienes escriben sobre viajes, podían volver atractivo lo que había visto durante el día anterior, pueblos que se semejaban los unos a los otros –y hasta tenían nombres similares, que parecían haber surgido de un cuento de Edgar Allan Poe o de Howard Philip Lovecraft: Wiesmoor, Neermoor; Hooksiel, Harlesiel, Bensersiel; Eilsum, Pewsum, Wybelsum, que sonaban como si en ellos sólo pudiera ocurrir lo peor– y tenían tiendas iguales de un tamaño irracional y una población amargada y hostil. Sabía que estos pueblos se animaban con la llegada en verano de miles de turistas que no podían costearse vacaciones en Mallorca o simplemente no querían renunciar a su buen periódico alemán y a su buen pastel alemán y a su buena lluvia alemana, y por esa razón había deseado visitarlos fuera de temporada, cuando la ausencia de los turistas permitiría hacerse una idea de cómo eran realmente, pero sólo había encontrado arbustos y arena y faros en miniatura pintados de azul o de rojo, nada sobre lo que valiera la pena escribir. Y sin embargo, al ver el último barco del día abandonar el muelle de Juist, rodeado de los pocos viajeros que acababan de desembarcar y aún intentaban orientarse y de los lugareños que habían ido a despedir a alguien y parecían querer demorar cuanto fuera posible el regreso a sus hogares, pensé que la única forma de compensar todas las incomodidades y la pérdida de tiempo que ese viaje significaba era escribir de todas formas ese artículo, escribir sobre las maravillosas islas alemanas azotadas por el viento y sobre el mar blanco y luego sentarme a pensar en los infelices que en ese momento prepararían sus maletas. Ésta es la clase de cosas que alegra la vida de quienes escriben sobre viajes; eso y los cheques y volver a casa.

Me marché del muelle de Juist en dirección al pueblo y allí entré a una cabina telefónica donde busqué en el listín los hoteles locales. Llamé a seis. En cuatro no respondieron al teléfono y en los otros dos me dijeron que estaban cerrados fuera de temporada. Ya había caído la noche y el viento del mar se colaba dentro de la cabina, que olía a tabaco y a pescado frito. Salí de ella y caminé por las calles desiertas buscando la oficina de información turística, que no encontré. Sí encontré el restaurante donde acababa de comer. Entré preguntándome si allí tendrían facilidades para viajeros y mi entrada sorprendió al camarero viendo un partido de fútbol de la segunda división entre el Alemania Aachen y el VfB Freiburg en un televisor minúsculo oculto parcialmente tras la barra. Me dijo que el restaurante no tenía facilidades, pero que durante la temporada alta, cuando todos los hoteles estaban ocupados, solía dar a los turistas el teléfono de una viuda que alquilaba una habitación de su casa y cuyo hijo era amigo del dueño, aunque él –el camarero– no podía recomendarme dormir allí. Le pregunté dónde me recomendaba dormir entonces si todos los hoteles estaban cerrados y se quedó mirándome un instante como si no me entendiera. Sacó a continuación un teléfono de debajo de la barra y me escribió un número en un trozo de papel; luego se sentó de espaldas a mí y siguió viendo el partido. Una voz masculina pero curiosamente meliflua me dijo que la habitación estaba libre y me indicó cómo llegar desde el restaurante; cuando colgué, tuve la sensación de que nuestra conversación había tenido lugar muchos años antes, en algún punto del pasado que no podía recordar pero que estaba allí como un objeto incandescente al que no se puede mirar de frente sin quedar encandilado y confundido.

La casa se encontraba en el extremo occidental de la isla, unida al resto del pueblo por una calle que atravesaba los médanos. Frente a ella había una duna alta que impedía ver el mar desde la entrada. Se trataba de una construcción de los años cincuenta, aunque había sido realizada siguiendo modelos muy anteriores, de la arquitectura alemana del siglo XIX. En la puerta apareció una mujer cuyo rostro no pude ver con claridad. Me presenté y le dije que hacía algunos minutos había llamado por teléfono desde un restaurante en el pueblo y alguien me había dicho que tenía una habitación libre. Entonces la mujer asintió y me ordenó pasar a una habitación grande y sin calefaccionar y allí me dijo que se llamaba Hannelore E. y que me presentaba a sus hijos, señalando a un rincón donde un hombre ligeramente calvo de no más de cuarenta años fumaba de pie junto a un sillón en el que estaba sentada una mujer más o menos de mi edad. Yo les di las buenas noches y luego los cuatro nos quedamos en silencio hasta que les dije que me quedaría sólo una noche, pensando que la mujer me franquearía así el paso a la habitación, pero la mujer dijo que por supuesto y que su hijo me mostraría el cuarto. El hombre dio dos pasos hacia mí y luego giró en dirección a las escaleras, que comenzó a subir mientras yo le seguía; llevaba unos pantalones de pana con los fondillos gastados y tenía unas nalgas demasiado grandes en comparación con las piernas. Mientras subía, escuché que la mujer preguntaba a mis espaldas si ya había comido y que luego agregaba, sin esperar mi respuesta, que no importaba, que comería con ellos más tarde.

En el rellano de la primera planta me pregunté cuánta gente vivía allí, puesto que la casa parecía enorme; al llegar al altillo, casi tan grande como el resto de las plantas, mi acompañante abrió una puerta y se echó a un costado para que entrara. Yo estaba a punto de cerrar detrás de mí cuando el hombre dijo que él era la persona con la que había hablado por teléfono y que se llamaba Hermann. Su voz no sonaba meliflua como en el teléfono. Empecé a estirar mi mano para estrechar la suya, pero Hermann no hizo ningún gesto y sólo dijo que esperaba que la habitación fuera de mi agrado y que debía bajar a comer en media hora, y luego se marchó despidiéndose con una inclinación de cabeza que me pareció ridícula.

Media hora más tarde no encontré a nadie en el recibidor cuando bajé. Me orienté a través de un pasillo por la luz de la cocina y, al entrar en ella, encontré a la mujer y a sus hijos hablando en murmullos junto a un fogón de gas que ardía sin ninguna olla encima. La primera en verme fue la hija, que interrumpió lo que estaba diciendo y señaló hacia la puerta con un gesto casi imperceptible del mentón. De inmediato, la mujer me rogó que tomara asiento, pero ni ella ni sus hijos se movieron un centímetro de donde se encontraban. Esta situación duró algunos segundos, hasta que, como si todos hubieran estado conteniendo el aire y tuviesen ahora la necesidad de volver a respirar, comenzaron a moverse de forma simultánea en direcciones opuestas: la mujer se inclinó hacia el horno, la hija caminó hasta la alacena y el hombre se sentó frente a mí. Me preguntó si me encontraba conforme con la habitación y yo asentí; en realidad, la habitación era fría y la acumulación de muebles anticuados la hacía incómoda, pero no creí necesario decirlo. Entonces la mujer me dijo, mirándome fijamente, que no recibían visitantes en esa época. No respondí nada. La mujer abrió el horno y extrajo de él una bandeja en la que había un pollo rodeado de patatas cocidas en su grasa que crepitaba como si hubiera sido filmado hacía años y no se encontrara realmente allí, ante nuestros ojos. Sólo cuando la hija trajo una fuente de ensalada de col verde se sentó. Murmuró en dirección a su hermano algo acerca de unos materiales que habían llegado y que debía recoger y su hermano asintió; por lo demás, comimos en silencio.

Un rato después, cuando la comida ya había terminado, Hermann se puso de pie y me pidió que lo acompañase al balcón. Me puse la chaqueta y lo seguí afuera. Me ofreció un cigarrillo y, acodándose contra la baranda de hierro y entrecerrando los ojos como si realmente pudiese ver el mar, que se extendía a algunos pasos de nosotros, aunque detrás de la duna y en la noche negra, me advirtió que cuando volviéramos a entrar su hermana habría instalado ya el proyector, y me rogó que me sentara en el sitio que me ofrecieran y que fuera paciente, y agregó que todas las noches, desde que su madre descubriera las diapositivas, se sentaba a verlas con sus huéspedes. Y pidió, en un tono de suave amenaza, que aceptara los hechos y no provocara una situación incómoda retirándome, porque estaba previsto que yo viera las imágenes con ellos. Me quedé perplejo. Un poco más allá, tras las dunas, el mar había comenzado a sonar, trayendo una música casi imperceptible. Hermann apagó el cigarrillo contra la baranda y lo arrojó lejos; luego abrió la puerta y se quedó esperando que yo pasara.

En la habitación, estaba todo dispuesto de la forma en que el hombre lo había descrito. Una pantalla portátil había sido traída al centro de la estancia y ubicada frente al sillón, a unos seis metros del proyector; todas las cortinas habían sido corridas para evitar posibles interferencias provenientes de fuera y, quizá debido a ello, el aire era denso ahora. Sólo estaba encendida una luz en la mesilla del proyector, por lo que yo apenas podía distinguir los contornos de las cosas, los perfiles de la mujer y de su hija, que estaban sentadas en el sillón y miraban hacia el frente como si la proyección ya hubiese comenzado, y una silla que se encontraba ubicada prácticamente de costado al sillón donde se sentaban las mujeres, exactamente a medio camino entre éste y la pantalla. Mientras me sentaba en ella, pensé que había sido puesto allí para que apreciase las emociones en el rostro de las mujeres, aunque luego comprendí que se trataba exactamente de lo contrario, que eran mis reacciones a las imágenes las que ellas deseaban estudiar.

Me parece recordar que estuve a punto de decir algo acerca de la disposición de los muebles, pero en ese instante comenzó la proyección. En la primera imagen se veía a una mujer joven que se parecía mucho a la hija y que corría de frente a la cámara en una playa, vestida con un bañador de una pieza y una cofia de nadadora; la mujer reía. En la siguiente fotografía, se veía a la misma mujer sentada junto a un hombre en la terraza de un café. El hombre fumaba y el humo le ocultaba todo el rostro a excepción de los ojos, que eran pequeños. La siguiente fotografía había sido hecha en estudio y mostraba a los dos vestidos como novios, él de pie, mientras ella sonreía a la cámara sentada en una silla de mimbre; el rostro del hombre podía verse con mayor claridad que en la fotografía anterior. En la siguiente imagen, la misma pareja aparecía frente a la Torre Eiffel, en una toma que privilegiaba la perspectiva de la torre antes que el retrato de ambos, que permanecían de pie uno junto al otro como dos extraños. Había más fotografías de París, que Hermann pasaba deteniéndose en aquellas en las que se apreciaban con más nitidez los rostros. En un par de ocasiones, cuando por alguna razón uno de éstos estaba en el borde desenfocado de la imagen, Hermann se las arregló manipulando la lente para que el rostro fuera de foco fuese el de la mujer. Él ponía cuidado en que el rostro del hombre, que en algún momento de la visita a París había comenzado a llevar un fino bigote, apareciese tan nítido como fuera posible. Sin embargo, yo prefería concentrarme en la mujer, a la que comenzaba a reconocer, y no comprendí el tratamiento privilegiado que se le daba al hombre sino hasta el final, cuando la pantalla quedó en blanco e, iluminados por el resplandor que el proyector imprimía aún en ella, vi tres rostros observándome. Pero antes tuve que ver aún otras imágenes, casi todas de la misma pareja en diferentes circunstancias, casi nunca en lo que podríamos llamar su vida cotidiana. En una de ellas, el hombre y la mujer aparecían en Colonia, de pie frente a una de las puertas de la catedral, que se erigía en un paisaje que aún no se había recobrado del todo de los estragos de la guerra. En casi todas las imágenes aparecían los dos; sólo en tres o cuatro aparecía la mujer sola, mirando a algo que se encontraba detrás de la cámara que había tomado la fotografía, algo que, de alguna forma, nos dotaba de transparencia a nosotros cuatro, que no podíamos creer, como creen quienes miran fotografías, que la mujer nos dedicaba una mirada, sino que comprendíamos, creo, que esa mirada estaba dirigida a otro amado, a alguien que en términos espaciales se encontraba detrás de la cámara y en ese instante detrás del proyector, en un hipotético lugar desde el cual podía aún contemplarnos a nosotros, en el futuro y dándole la espalda.

Una última imagen –pero no supe que era la última hasta que la pantalla se quedó en blanco– mostraba al hombre frente a la duna que se encontraba delante de la casa. El suelo estaba nevado y el hombre llevaba un impermeable hasta las rodillas y un sombrero, en la mano tenía un maletín. Parecía haber pasado cierto tiempo desde el momento en que la fotografía anterior había sido hecha: el hombre llevaba unas gafas de montura barata y se había dejado crecer aún más el bigote. Me pareció ver a alguien más al costado de la imagen pero entonces la pantalla quedó en blanco.

Nadie habló durante varios minutos. Sentado en mi silla, podía ver a Hermann de pie detrás del proyector, con el botón que hacía pasar las diapositivas aún en la mano, y a la madre y a la hija que, sentadas en el sillón a un par de pasos de donde yo me encontraba, me miraban fijamente. Al fin, fue la madre quien habló. Me preguntó si conocía a ese hombre. No entendí la pregunta y ella volvió a preguntar si lo había visto alguna vez, si yo había visto alguna vez a aquel hombre. Yo respondí que no, y la madre dio vuelta la cara como si la hubiera abofeteado. Me puse de pie y Hermann, que se había deslizado a mis espaldas, me ordenó que subiera a mi cuarto y que me marchara al día siguiente sin anunciarlo, dejando el dinero sobre la mesa de noche. Me hizo una seña para que no hiciera preguntas, y yo no las hice.

Me marché al día siguiente por la mañana, como me habían ordenado. No volví a ver a ninguno de los habitantes de la casa. Cuando bajé, el salón había sido arreglado y no había rastros del proyector ni de la pantalla. Un tiempo después, cuando mi artículo había sido ya publicado y yo me sentía, en cierta forma, compensado por las dificultades del viaje, que otros debían estar entonces padeciendo, estaba caminando una noche por una calle del antiguo barrio judío de Berlín, adonde había viajado para escribir un artículo sobre los barrios turcos de la ciudad, cuando vi pegado en una parada de autobuses el anuncio de una obra teatral montada por un grupo de aficionados en un local cerca de allí. Empezó a llover y, como el teatro se encontraba a apenas unos cincuenta metros, corrí hasta él.

Se trataba de un sótano húmedo bajo una tienda de camisetas para turistas. No había boletería, sino una mesa detrás de la cual estaba sentada una mujer joven de aspecto aburrido, que me vendió una entrada y una botella de cerveza, que sacó de un cajón que estaba a sus espaldas. Me senté en uno de los asientos de plástico que había distribuidos en siete u ocho filas por el sótano. Yo era el sexto o séptimo espectador, y recuerdo que la obra ya había comenzado cuando me senté, por lo que me costó comprender de qué se trataba. Sin embargo, el argumento se fue abriendo poco a poco ante mis ojos, confusamente al principio, debido a que los actores simulaban asombro cuando debían fingir dolor, y serenidad cuando la acción les reclamaba rigidez y una cierta violencia, pero, sobre todo, porque yo conocía la historia. No es necesario detenerse en los detalles: un visitante llegaba a una casa de huéspedes donde, tras las formalidades de rigor, se le exhibían una serie de fotografías en las que él debía reconocer a un hombre. Este hombre había abandonado a la dueña de la casa y a sus hijos y desde entonces la mujer realizaba el curioso experimento de las fotografías, esperando que alguien, algún día, le diera noticias de su marido, con el que deseaba reencontrarse, lo que

–naturalmente– sucedía en la pieza debido a la introducción de un nuevo personaje, creo que en el segundo acto o en el tercero, un viajero que contaba una historia poco verosímil pero que era simétrica y complementaria con la primera: un hombre de su conocimiento, que había perdido grandes episodios de su memoria tras un accidente de automóviles, mostraba a todas las personas que conocía una fotografía que había sido encontrada entre sus cosas en el momento del accidente. En la fotografía se veía a una mujer. El viajero se las arreglaba para producir el encuentro entre la dueña de la casa que proyectaba las diapositivas a sus visitantes y el hombre que mostraba las fotografías a quienes veía. En ese punto –y sólo si los actores hubiesen sido realmente buenos, lo que no era el caso– el espectador podría haber comprendido el mecanismo de la historia, su funcionamiento: que cada uno de ellos no era la persona que el otro buscaba pero que fingía que lo era como la excusa para un nuevo comienzo, que tenía lugar exactamente cuando la obra finalizaba; sin embargo, la mala calidad de las actuaciones no permitía comprender esto y el final –que en la percepción de los pocos espectadores fuera quizá que la dueña de casa era realmente la mujer de las fotografías del hombre del accidente, y éste su marido, y que el azar los había reunido de nuevo y para siempre– resultaba, por eso mismo, previsible y banal.

No había programa de mano, pero, al final de la representación, cogí uno de los carteles, que alguien había dejado tirados sin desenrollar a un costado de la entrada, y descubrí que la obra era una creación colectiva. Me sentí tentado de quedarme hasta que los espectadores se hubiesen marchado para preguntarles a los actores si el argumento les había sido sugerido por la historia de la mujer de Juist, pero temí que me tomasen por un ocioso o por una de esas personas que creen todo cuanto ven o leen. Me marché, y la historia permaneció en mi cabeza durante un tiempo hasta que finalmente me olvidé de ella, de su repetición y de la pregunta que esa repetición formulaba y que yo no acababa de hacer.

Unos años después, en la feria de antigüedades que se instala los sábados por la mañana a la orilla del río Leine en el centro de la ciudad de Hannover, recordé la historia y creí encontrar una explicación a la pregunta que planteaba acerca de los vínculos entre verdad y ficción. En uno de los puestos, apoyadas sobre un trapo de falso terciopelo rojo, había una docena de bolas de cristal de esas en las que una nieve artificial inunda la imagen al ponerlas de cabeza. Levanté una de ellas y al ver su contenido casi se me cayó de las manos. En ella se veía la figura de una mujer joven que corría en una playa, vestida con un bañador de una pieza y una cofia de nadadora; al caer sobre la figura de la mujer, la nieve artificial producía una impresión de profunda soledad, como si fuese la nieve de años la que se abatía sobre una figura infantil y desamparada. Al observar todas las otras bolas se tenía una impresión similar, y contemplarlas como yo las contemplé producía fatiga y tristeza. En una de ellas se veía a una mujer sentada junto a un hombre que fumaba en la terraza de un café. En otra, ambos aparecían frente a la Torre Eiffel, tan diminutos que apenas se los veía. En la última, un hombre vestido con un impermeable hasta las rodillas y un sombrero estaba de pie frente a una casa. Bajo el marco de la puerta de la casa, una mujer sacaba una fotografía; a las espaldas del hombre había una duna, sobre la que caía la nieve falsa, toda una nevada completamente ficticia pero que incluso así inducía a la tristeza y a la sensación de soledad porque iba a seguir cayendo sobre los personajes una vez y otra cada vez que alguien agitase la bola en su mano, poniendo de nuevo en acción el mecanismo.

LOS PECES Y LAS MONTAÑAS

Para Rodrigo Fresán

Una mañana temprano en que el sol brillaba y él estaba echado en la cama, se preguntó si ella tendría aún el cabello negro. Era uno de esos pensamientos que rondan por la cabeza en aquellos minutos en que no se está ni completamente dormido ni completamente despierto, que nos avergüenzan cuando ya en la vigilia pensamos en ellos, y nunca contamos a nadie. Él supuso que ella tendría en ese momento pensamientos similares o distintos, cosas que él no quería saber y que ella no le diría, y entonces miró al otro lado de la cama y vio que ella aún tenía el cabello negro y los ojos negros y la boca firme y debajo de la nariz y se dijo que se parecía mucho a Martina Gedeck. Entonces se preguntó si era realmente Martina Gedeck o si sólo se le parecía mucho, y pensó que, para determinar si la mujer que estaba echada a su lado en la cama era Martina Gedeck o no, debía compararla con la *verdadera* Martina Gedeck, que, sin embargo, él sólo conocía de las películas en las que había actuado, en las que Martina Gedeck no era ella misma, para decirlo de alguna forma, sino los personajes que interpretaba, y este hecho determinaba la imposibilidad de averiguar si la mujer que estaba a su lado –y que era actriz y actuaba en la puesta en escena de la pieza teatral de un escritor ruso, en un teatro muniqués en el que había un cartel que ponía el nombre de Martina Gedeck– era efectivamente Martina Gedeck o no, ya que la condición de posibilidad de una averiguación de ese tipo era, al menos en ese caso, la comparación de aquella mujer con los personajes de ficción que otra mujer, o quizá ella misma, había interpretado. Naturalmente, ése era también uno de esos pensamientos inconfesables de la duermevela, pero sobre él se proyectaba el hecho de que él consideraba a Martina Gedeck la mejor actriz alemana de su tiempo; había otras más jóvenes como Franka Potente o Heike Makatsch y algunas no sólo más jóvenes sino además más guapas, como Nina Hoos y Nadja Uhl, pero ninguna de ellas superaba a Martina Gedeck en algo que, aunque prácticamente imperceptible, era lo que la distinguía y la hacía tan valiosa y que era sólido como el pie –o, por el caso, la nariz– de una estatua y a la vez tan frágil como una copa de cristal y que –pero eso lo entendía él por primera vez al estar echado en la cama a su lado, fuera ella Martina Gedeck o no– era frustración y arrepentimiento por algo que había sucedido en su pasado. Una frustración y un arrepentimiento que aquella mañana él creía poder ayudarle a superar, engañado por ese entusiasmo carente de fundamento que suelen sentir por la mañana los que acostumbran despertar temprano y que a duras penas sobrevive al mediodía. Ella se irguió en la cama y comenzó a acariciarse una pierna, sin mirarle; él le dijo «Tu cabello es aún negro», y ella se dio la vuelta y le miró como si no le entendiera, y entonces él sintió vergüenza.

Él sabía que Martina Gedeck había nacido en Munich en 1961 porque ella, en el caso de que ella fuera Martina Gedeck, se lo había dicho en una ocasión; sobre el escenario –o en los filmes en los que había actuado, comenzando por *In der Kälte der Sonne* [«Bajo el frío del sol»] de 1986, o en *Das Leben der Anderen* [«La vida de los otros»]– eso no tenía ninguna importancia. También sabía que era la mayor de las tres hijas de Karl-Heinz Gedeck y su mujer, que la familia había vivido primero en una propiedad rural en Baviera y que en 1971 se había mudado a Berlín, que Martina Gedeck había comenzado a actuar con once años en un programa de televisión para niños en el que aparecía un ratón, que había estudiado violín, que en 1977 había sido estudiante de intercambio en Nueva Jersey, que había comenzado estudios de germanística e historia en la Freien Universität de Berlín pero los había dejado para estudiar actuación y que desde entonces todo lo que había hecho había sido actuar. Naturalmente, también éste era un pensamiento innecesario de los momentos previos al despertar de la razón.

Él nunca había sido bueno para distinguir los acentos alemanes, pero esa noche tuvo la impresión, por primera vez, que ella tenía un acento bávaro muy fuerte. No el personaje que interpretaba, sino ella misma, se llamara Martina Gedeck o no, cuando después de la función él fue a buscarla al camerino como había hecho la noche en que habían arreglado la entrevista que él le haría y en la que puede decirse que se conocerían, y ella empalideció al verlo y comenzó a correr escaleras arriba, él la alcanzó y la retuvo y entonces ella le susurró que su marido estaba allí y lo obligó a marcharse.

Él dejó el teatro y caminó unas calles hasta dar con un bar de desnudistas, bebió un par de copas, salió de allí y regresó a la habitación del hotel con una botella de vodka que compró en un quiosco atendido por un turco que tenía en el estanco un televisor que mostraba vídeos de mujeres turcas cantando en un idioma que a él no le pareció turco sino cualquier otra lengua –aunque, nuevamente, para saber si ese idioma era turco o no, él tendría que haber sabido turco, y ése no era el caso–, y en el hotel se puso a pensar en ella y en la obra en la que ella había actuado esa noche, sin saber si era una comedia o una tragedia pero sabiendo que ella había sido hecha para ese papel, fuera el papel cómico o dramático. Y luego recordó las canciones turcas y se quedó dormido y en el sueño las canciones se mezclaron con las desnudistas del bar y con la obra en la que ella actuaba; en el sueño, él se decía: «Ya ves, todo encaja, como los dedos en un guante».

Ese mediodía, cuando despertó, pensó en la lista de personajes alemanes odiosos que ella un día había confeccionado con su ayuda en una servilleta: las modelos Heidi Klum y Claudia Schiffer; el político bávaro Edmund Stoiber; las presentadoras televisivas Marieta Slonzska y Sarah Kuttner; los cantantes Xavier Naidoo y Jay del grupo US5; las cantantes Judith Holofernes, de la banda Wir sind Helden, Jeanette Biedermann y Sarah Connor; también el marido de esta última, Marc Terenzi, cantante o algo así; los presentadores televisivos Stefan Raab, Harald Schmidt y Gunther Jauch; los porteros Jens Lehman y Oliver Kahn; el bailarín Detlef D! Soost; el centro delantero Lukas Podolski; Verona Feldbusch, asidua visitante de programas de juegos y monumento boliviano a la femineidad; la presidenta federal Angela Merkel; la ministra de familia Ursula von der Leyen y el ministro de medio ambiente Sigmar Gabriel, y pensó que Alemania estaría mucho mejor sin todos ellos, pero dejó de lado ese pensamiento y se levantó de la cama.

Llamó al periódico donde trabajaba y dijo que no iría. Un compañero de trabajo le dijo, al otro lado de la línea pero a cientos de kilómetros del hotel, en Hamburgo, «No te preocupes. Manda una postal donde haya peces y montañas, por separado», y se rió y él también se rió y luego colgó. Se vistió, comió algo en un bar que tenía un letrero que anunciaba ternera con col verde y albóndigas de sémola pero no comió eso porque el camarero le dijo que la col verde no había llegado ese día; entonces él pidió sólo la ternera y las albóndigas de sémola, pero el camarero replicó que la ternera tampoco había llegado ese día. «¿Qué ha venido hoy entonces?», preguntó él, y el camarero dijo que la tortilla y él no quiso pensar si los ingredientes de la tortilla habían llegado juntos en su configuración de tortilla o por separado y pidió la tortilla y la ensalada. Un cliente se quejó al camarero y dijo que quería hablar con el dueño del bar y el camarero dijo que el dueño no había llegado. Muchas cosas no habían llegado al bar ese día.

Él se pasó el resto de la tarde rondando por la puerta del hotel que ella ahora compartía con su marido, pensando que ella lo vería desde su ventana y bajaría a hablar con él y quizá él podría explicarle qué había sucedido la noche anterior, pero ella no bajó y el amor que él sentía por ella, y que él concebía –por desafortunado que sea decirlo así– como una llama, se fue convirtiendo con las horas en una llama de otra índole, una llama que surgía de la decepción y conducía hacia ella, incrementándose en el camino.

Finalmente, sobre el atardecer, ella salió de la casa; llevaba una bolsa y un periódico y se quedó mirándolo al salir, sin atreverse a abrir la puerta de cristal que los separaba, pero lo hizo y, al hacerlo, se dio vuelta y miró hacia arriba y él miró hacia arriba también y vio a la hija –ella tenía otros dos hijos más, en el colegio– y al marido, que elevaban la mano en un gesto de despedida, que ella devolvió, y luego se acercó a él, se detuvo a un paso y le extendió la mano. Él se la tocó y ella cogió un anotador de su cartera y un bolígrafo y escribió algo rápidamente en una hoja y se la entregó y luego montó en su coche. Él se acercó a las puertas del hotel para aprovechar la luz del interior pero en la recepción del hotel las luces eran bajas y tuvo que marcharse y caminar hasta un locutorio atendido por una joven india que le indicó el número de una cabina, y sólo al entrar a la cabina pudo leer lo que ella había escrito. Martina Gedeck, fuera ella o no, había escrito «No es bueno ni para nosotros ni para ellos. Lo siento», y él, al leer eso, pensó en el marido y en la hija, que debía parecerse a la madre, aunque él no había podido verla con claridad y sólo recordaba su cabello, que por supuesto era negro, y sintió mucha pena de ellos, pero también sintió pena de ella y de él; pensó en llamar a alguien para justificar la ocupación de la cabina pero no supo con quién hablar y pensó que sólo quería hablar con Martina Gedeck y que eso no era posible, así que discó el número del servicio telefónico de la hora y estuvo escuchando un rato cómo una voz decía que eran las diecinueve y veinte hasta que ya no fueron las diecinueve y veinte y él colgó y esa noche regresó a Hamburgo.

Una mañana, cuando habían pasado varias semanas desde que se marchara a Munich para reportear a Martina Gedeck, aquel compañero de trabajo que le había pedido la postal de los peces y de las montañas le preguntó por qué se había demorado tanto allí, y él miró por la ventana y pensó por un momento qué decirle, pero no se le ocurrió ninguna mentira. «Estuve con Martina Gedeck, creo», le dijo, pero el otro no lo escuchó y no preguntó de nuevo, aunque también era posible que lo hubiera escuchado y sólo fingiera no haberlo hecho, como quien escucha la fantasía de un adolescente, algo completamente fuera de lugar, perdido en el medio del camino entre la infancia y la vida adulta o entre el sueño y la vigilia.

También tenían una lista de personajes y cosas de Alemania que les gustaban, pero era más breve: la Afrika-Kola; las cantantes Lisa Li y Nina Hagen; Gunther Netzer, periodista deportivo y antiguo héroe madridista; el actor Moritz Bleibtreu; el delantero izquierdo Bastian Schweinsteiger; el cantante Sido; Joschka Fischer; el entrenador de la selección nacional de fútbol, Joachim Löw; las actrices Heike Makatsch, Franka Potente, Nina Hoos, Nadja Uhl y Martina Gedeck.

Naturalmente, lo importante no era la lista sino la serie, y la razón de la serie, su pretensión de establecer una determinación en un campo indeterminado, y el hecho de que la hubieran hecho juntos.

Él vio a un montón de mujeres esos meses, cuando el invierno era realmente invierno, tendido como un puente entre dos épocas que sólo pueden imaginarse, pero ella nunca escapó de su cabeza y puede suponerse que en algún sentido él creció, cualquier cosa que eso signifique. Vio una película con Nadja Uhl en la que ella tenía problemas y se preguntó quién no los tenía. Y un día, mientras salía de su casa tratando de no resbalar sobre la nieve, volvió a verla; venía hacia él y al acercarse le dijo «Mi marido ha venido conmigo. Está en el hospital. Van a operarlo de los ojos», y él asintió y pensó en despedirse, pero ella lo tomó del brazo y comenzó a caminar a su lado. Fueron a un parque y se abrazaron, él la besó y le pareció que besaba un cubo de hielo o algo así. Se detuvieron un momento frente a un canal y vieron pasar un barco con turistas y luego ella hizo una mueca y fueron a un hotel pero allí, después, ella lloró arrepentida y dijo que quería ir a ver los barcos y ambos volvieron al parque y estuvieron un largo rato allí, enfriándose lentamente, sin hablar. Un tipo alto pasó delante de ellos por el camino de gravilla trotando rápidamente detrás de un carro de niño. No pudieron ver su cara pero sí la del niño, que era morena y redonda y estaba aterrorizada por la velocidad. El tipo alto no parecía notarlo: iba cantando una canción de Bob Dylan a los gritos. Cuando se alejó por el camino, ella volvió a mirar los barcos y dijo «Esos barcos, deberían ser vapores», y él no supo qué decir, pero ella se rió y él se rió con ella y pensó que ella –si era realmente Martina Gedeck– no reía mucho en sus películas. Entonces, como si ella hubiera sabido lo que él pensaba, se rió aún más alto y corrió a un puesto y compró dos helados y le extendió uno y volvió a reírse. Es que hacía mucho frío.

Fueron a un café y hablaron de las dos semanas que habían pasado juntos en Munich y la forma en que se habían conocido, y se esforzaron por contar la historia como si ésta tuviera algo de especial y como si ellos estuvieran leyendo la palma de la mano de la historia para adivinar su futuro, pero sólo encontraron, cuando ya habían recorrido todas las líneas, pequeñeces, el color de unas sábanas, la flor en un florero de la habitación de hotel que ella había tomado un día y había puesto entre las hojas del libro de un poeta italiano del siglo XIII. Y entonces ella le dijo que lo único que sabía hacer era tratar de seguir tratando y él no supo si se refería a su carrera como actriz, que había comenzado tarde, cuando la de otras acababa, o si hablaba de él y de ella. Y lo pensó un momento y dijo: «¿Sabes? Esto es como aquella adaptación en la que actuabas cuando nos conocimos, *La dama del perrito*. Es como si tú fueras Anna Sergueevna y yo Dmitrii Dmitrich Gurov pero nuestra historia no hubiera sido escrita realmente por Chéjov sino por un escritor ocioso, dispuesto a contarla al revés, a hacerla pedazos y contarla como esos pedazos, como algo que se hubiera roto con el tiempo y hubiera que reconstruir con arrepentimiento y dificultad». Entonces la miró y ella lo miró y se quedaron en silencio, que es lo que los escritores y las actrices hacen –pero también lo que hacen los personajes– cuando han acabado sus trabajos.

ABEJAS

Para Anna-Kazumi Stahl

Mi abuelo notó que las abejas estaban molestas. Aunque hacían lo mismo de siempre, zumbaban e iban de un lugar al otro, él supo que algo o alguien las había molestado, y yo entendí que él lo había notado porque vi que frunció la nariz como solía hacer mi padre después del accidente en la fábrica.

Recuerdo todo claramente porque no sucedían demasiadas cosas en Blaustein y, cuando algo pasaba, te quedaba fijo en la memoria durante años. Esto pasó un verano, cuando las abejas están más ocupadas haciendo la miel y vuelan incesantemente en oleadas rubias como los habitantes de una ciudad desproporcionada.

En los días siguientes, mi abuelo se quedó mirando fijamente la colmena, descuidando las cosas de la casa. En cierta forma, él era como las abejas, era incapaz de cualquier cosa cuando algo lo preocupaba. Mi abuelo tenía sus planes. Por las mañanas, lo escuchaba lidiar con los platos en la cocina, llenar de café un termo y salir. Entonces me vestía sola e iba a la cocina a comerme los restos del desayuno del abuelo. Al mirar por la ventana, lo veía alejarse entre los árboles del fondo de la casa.

En esa época vivíamos casi en las afueras de Blaustein y el abuelo tenía su colmena al final de nuestra propiedad. Me imagino que allí se escondía a vigilar al intruso. Yo comía y hacía las tareas de la escuela o simplemente me sentaba en los escalones de la puerta trasera para ver trabajar al abuelo. Por eso lo vi antes que él. Era el mayor de los Fischer, que dejaba su bicicleta en el camino y daba un largo rodeo para meterse en el fondo de la casa. Yo sabía que el abuelo llevaba su escopeta siempre consigo, así que corrí para avisarle, y lo encontré echado en el piso sobre una lona verde. Tenía la escopeta apoyada en el antebrazo derecho y me hizo una seña para que me tendiera a su lado. Lo hice, y entonces vimos al mayor de los Fischer saltar la valla y perderse por un instante entre los troncos de los árboles. Al salir, estaba junto a la colmena. Mi abuelo no soltaba la escopeta, y quise decirle que no disparara, que sólo era el mayor de los Fischer, pero me hizo una seña para que no hiciera ruido. Miré hacia adelante de nuevo y vi que el chico estaba de pie observándolo todo. Aunque sólo era otro de los del pueblo, y a menudo lideraba la banda de los que me insultaban en la escuela, a mí me pareció muy valiente, de pie, allí, sin importarle el amenazante zumbido de las abejas alrededor de su cabeza rubia. El mayor de los Fischer dio media vuelta y se marchó en dirección al camino.

Esa tarde comimos en silencio. Después el abuelo se puso su traje y fue hacia la colmena. Yo lavé los platos, subida a un cubo. Al atardecer, mi abuelo me hizo señas de que subiera a la camioneta. Noté que la parte trasera tenía una lona por encima pero no hice preguntas. Mi abuelo fue hasta el pueblo y luego un poco más allá. Nos detuvimos frente a una casa de tejas de madera gastadas. Salieron a recibirnos dos niños más pequeños que yo, pero al fondo pude ver la cabeza rubia del mayor de los Fischer asomándose temerosa.

–Frank –dijo por todo saludo un hombre que salió de la casa.

Era enorme y se llevaba continuamente las manos a los fondillos del pantalón, como si las tuviera sucias y quisiera ocultarlas de nuestra vista. Al mirarlo, noté que se parecía al mayor de los Fischer, supongo que porque era su padre, y que su rostro era rojo como una cereza.

El hombre nos hizo pasar a la casa.

–María –dijo a una mujer que salió de la oscuridad del fondo de la casa a nuestro encuentro–, ¿recuerdas al señor Steuer?

–Seguro –dijo la mujer–, ¿cómo está –la mujer dudó un segundo, en el que yo pude imaginar que pensaba en mi padre, en mi abuela, en algunos de nuestros muertos– usted?

–Muy bien, gracias –dijo mi abuelo.

Nos sentamos en unas sillas incómodas en las que a mí me colgaban los pies y nos quedamos en silencio un rato. Sólo oía la tos de uno de los tres niños, que se apiñaban asustados en el fondo del cuarto, y mi respiración. María sirvió tres tazas de café. Al mío le puso leche –aunque yo odio el café con leche– y luego se quedó de pie detrás de su marido, secándose las manos en su delantal. Eso de restregarse las manos tenía que ser alguna clase de costumbre familiar.

–Muy buen café –dijo mi abuelo.

Los años viviendo solo después de la muerte de mi abuela no lo habían hecho muy bueno para las conversaciones.

El señor Fischer asintió con gravedad sin dejar de mirar el fondo de su taza, como si mi abuelo hubiera dicho una de las verdades de la vida. María se sobresaltó y todos la miramos sorprendidos. Se dio vuelta y cogió de una caja tres galletas, que puso frente a mí en un plato. Los niños Fischer estiraron el cuello y pude ver que esas galletas eran muy importantes para ellos.

–Come –me dijo mi abuelo.

Aunque yo no tenía mucha hambre, me llevé una a la boca por cortesía.

Nos volvimos a quedar en silencio hasta que, sin preámbulo alguno, mi abuelo comenzó a decir:

–He tenido un problema con mis abejas. –Cuando dijo esto, vi al mayor de los Fischer intentar esconder su cabeza rubia detrás de las de sus hermanos–. Uno de tus niños estuvo fisgoneando en la colmena. Mira –dijo mi abuelo–, no quiero que lo castigues, así empecé yo también en este negocio, pero a mis abejas no les gustan los extraños y cuando alguien viene no dan miel. He pensado que quizá él pueda dejar de hacerlo si a cambio yo le ayudo en este asunto. En la camioneta –mi abuelo hizo un gesto con la cabeza hacia atrás– tengo una caja con medio centenar de abejas y una reina que estaba reservando para armar una segunda colmena. Si estás de acuerdo, se la dejaré y vendré dos veces por semana para ayudarle a desinfectarlas y a extraer la miel, todo a cambio de que deje de rondar mi propiedad.

El señor Fischer miró a su mujer, que seguía restregándose las manos en su delantal como si nunca acabara de secarlas. Luego miró a su hijo.

–¿Qué te parece a ti? –le preguntó–. ¿Crees que puedes hacerte cargo de ellas?

El mayor de los Fischer asintió, con una sonrisa de perplejidad. Entonces todos nos levantamos y salimos de la casa. Al salir vi que los niños se abalanzaban sobre las galletas que yo no había comido. Mi abuelo se puso sus guantes y sacó la caja con las abejas de la parte trasera de la camioneta. Avanzó rodeado de algunas abejas que habían escapado de la caja y dibujaban como una nube amarilla sobre su cabeza. Luego amarró la caja con la colmena a un árbol y, mientras lo hacía, estuvo dándole instrucciones al mayor de los Fischer, que lo escuchaba con atención, mirando fijamente la caja con esa expresión de seriedad que suelen tener algunos adultos pero que sólo en pocas ocasiones tienen los niños.

Nadie se movía. El aire mismo parecía haberse detenido sobre las figuras de mi abuelo y del mayor de los Fischer hablando junto al árbol y, más atrás, sobre las de sus hermanos, que parecían haber quedado paralizados por la sorpresa. Entonces el menor se zafó del abrazo de su madre y empezó a saltar alrededor de la colmena. Nadie pareció notarlo al principio, así de pendientes estábamos de lo que mi abuelo decía. Luego todos nos quedamos en silencio, conteniendo el aliento mientras mi abuelo quitaba la colmena de la caja, pero entonces el menor de los Fischer se asustó y empezó a correr en dirección a la casa. Al mirarlo, notamos que un enjambre de abejas, que habían escapado de la colmena cuando mi abuelo había retirado la caja, lo perseguía. Mi abuelo le gritó que se quedara quieto, pero el niño intentó espantarse las abejas con las manos. Entonces comenzaron a picarlo. En el cuello, en los brazos, en el rostro. Era una inmensa nube de abejas que picaban el rostro del niño. «¡Basta ya! ¡Basta ya!», gritaba la mujer, como si realmente pudiera hacer algo con eso. El señor Fischer había comenzado a andar en dirección al niño pero en mi recuerdo nunca llegó a alcanzarlo, como si se moviera a cámara lenta o sobre arena mojada. Mi abuelo, que había corrido hacia la camioneta, trajo su rociador de humo y roció con él al niño para espantar a las abejas. No pasaban muchas cosas en Blaustein pero, aunque sí hubiesen sucedido, yo seguiría recordando lo que vi ese día. El niño lloraba tirado en el piso, mientras, a su alrededor, montones de abejas morían lentamente. Mientras las miraba, tuve pena por ellas, porque su vida era tan corta y tenía que terminar tan tontamente, pero también sentí pena por mi abuelo, cuya esposa había muerto hacía algunos años, un poco después de la muerte de mi madre y antes de que mi padre tuviera ese accidente en la fábrica y volviera conmigo a Blaustein a dejarse morir mirando un paisaje monótono que no era el de su infancia –en el que había minaretes y quizá también, pienso ahora, oliera a ajonjolí y a té y a hierbabuena, a cosas que yo podía ver si abría sus antiguas cajas pero no comprender, y que traía del otro lado del mundo– sino el de la infancia de su esposa.

Mi abuelo curó rápidamente al menor de los Fischer mientras el señor Fischer abrazaba a su mujer, que no paraba de llorar. El mayor se había escondido detrás de la casa, como si él fuera el culpable de todo. Yo pensaba que tenía que tener pena por el niño, pero, en realidad, sólo sentía pena por mí, porque mi padre se había muerto y nunca había llegado a aprender el alemán, sino sólo a decir unas pocas palabras que yo había escuchado y quizá otras que le dijera a mi madre, otras cuyo significado yo sólo comprendería ahora pero que nunca le escuché decir porque era muy pequeña cuando mi madre murió, de una enfermedad que a mí me gusta pensar que la mató como aquella tarde murieron las abejas, de golpe y casi sin notarlo.

Cuando volví a mirar, el menor de los Fischer sonreía. Sus hermanos se le habían acercado y él empezaba a mostrar sus picaduras con el orgullo de un sobreviviente. Mi abuelo balbuceaba una excusa, que yo no alcancé a escuchar, ante el señor Fischer y su esposa, que se secaba histéricamente las manos en el delantal. Mientras caminábamos hacia la camioneta, miré a mi alrededor y noté que ya no había más abejas y que el aire estaba limpio y frío. A mis espaldas, pude escuchar a la mujer del señor Fischer, que le decía algo. No pasaban muchas cosas en Blaustein pero, incluso aunque hubieran pasado, yo seguiría aún acordándome de lo que ella dijo porque fue la primera vez que lo escuché y su significado, el paréntesis que abriría en mi vida de alemana cada vez que alguien lo dijera, me estremeció y me hizo sentir una intrusa. La mujer dijo:

–No necesitamos nada suyo. Dile que se lleve sus abejas a otra parte. Y también a esa turca de mierda.

EXPLORADORES DEL ABISMO

Un verano conocí a un matrimonio de alemanes jóvenes que había venido de vacaciones. Yo no tenía clases ni nada particular que hacer, así que me pasaba todo el día en la playa. Entablaba amistad con los turistas por eso de que en una playa no hay demasiado para hacer excepto meterse en el mar, echarse en la arena y mirar a la gente, y a veces hablar con ella, y así fue como los conocí. Sus nombres eran Martin y Jana, pero Jana prefería que la llamaran «Urraca», en parte porque tenía un cabello negro que bajo el sol despedía unos reflejos azules que parecían los del plumaje del pájaro, pero principalmente porque su apellido era «Elster», que en alemán –me dijo– significa «urraca». Yo bajaba a la playa todos los mediodías después de desayunar y me los encontraba allí, echados sobre una toalla y completamente desnudos. Urraca tenía una cicatriz que le recorría todo el costado, desde la cintura hasta la axila; cuando hablábamos, yo me echaba de ese lado para vérsela bien. Nunca me atreví a preguntarle qué le había sucedido.

Mientras Urraca y yo tomábamos el sol, Martin solía nadar solo, lejos de la orilla; yo veía su cabeza entre las olas, como una moneda dorada que alguien hubiera arrojado allí y sin embargo no se hundiera, sacudida por las olas pero siempre en el mismo sitio, a veces mirando hacia la playa y a veces, la mayor parte de las veces, hacia el otro lado, hacia la costa africana, que no podíamos ver. Una vez me pareció que cantaba. Le dije a Urraca: «Me parece que Martin está cantando». Entonces Urraca se irguió ligeramente, apartó el libro que estaba leyendo, pareció escuchar un momento y luego murmuró: «My girl, my girl, don't lie to me / Tell me where did you slept last night», y me dijo: «Es una vieja canción en la que un hombre le pregunta a su chica dónde durmió la noche anterior, y ella dice "Entre los pinos, entre los pinos, donde el sol no brilla nunca"». «¿Qué significa?», le pregunté, y Urraca dijo: «Quizá que el hombre sabe que ella lo ha engañado pero no se atreve a castigarla porque tiene miedo del sitio donde ella ha estado, del bosque donde todo es oscuridad. Tiene miedo que ella haya aprendido allí secretos que un día pueda utilizar en su contra, o que lo arrastre consigo». Nos quedamos mirando la cabeza de Martin subir y bajar entre las olas, su canción casi inaudible, y luego yo pregunté: «¿El hombre de la canción no ha estado nunca en el bosque?». Urraca apartó la vista y me miró y por primera vez tuve la sensación de que había reparado en mí. Me dijo «La verdad es que él nunca ha salido del puto bosque y allí se quedará», y se encogió de hombros.

Me llevaba bien con Urraca, y hablábamos de decenas de cosas, sobre todo, de la vida del pueblo en invierno, cuando prácticamente no hay turistas y la gente se atiborra de alcohol y de drogas en los pisos con vista a la playa que puedes alquilar por poco dinero. Su marido, en cambio, no hablaba casi nunca, pero un día Urraca me invitó a cenar con ellos en el piso que habían alquilado, y entonces descubrí que él también hablaba español, un español excelente que yo creo que era de Madrid y que nunca supe dónde aprendió. Urraca había cocinado algo relativamente simple, unos filetes de pollo con salsa de tomate que decía que le había enseñado a preparar un novio que había tenido cuando aún estudiaba. Esa noche hacía calor y unas mariposas nocturnas que se habían colado a través de las cortinas se lanzaban contra una lámpara y luego caían muertas junto a ella. Nosotros las miramos morirse durante un buen rato, bastante impresionados por su incapacidad para aprender de la muerte de sus congéneres, que debía resultarles evidente si la atracción que sentían hacia la luz no las cegaba por completo, y luego, cuando habíamos terminado de cenar,

Urraca trajo varias botellas de vino de la cocina y, quizá por compasión, apagó la lámpara para que no entraran más mariposas.

Seguimos bebiendo vino sin hablar, a veces murmurando una cosa o dos sin importancia pero, principalmente, escuchando los ruidos de la noche: la gente que pasaba bajo la ventana, los coches en la carretera a la salida del pueblo, las olas que rompían cuando todo había quedado en silencio.

En algún momento de la noche, Urraca se quedó dormida en el sofá y yo, que estaba bastante borracho, me acerqué a ella y le levanté la camiseta para verle la cicatriz; temblando, le pasé un dedo sobre ella, que tenía la textura suave de una vulva. Martin me dijo entonces: «Te la quieres follar». Yo pensé que era una pregunta, pero Martin me dio a entender con un gesto de la mano que era una proposición, y que no le molestaba. Yo negué con la cabeza. «Si no le importa», dijo Martin. «En realidad, creo que le encantaría. Ya me ha dicho que le gustas», dijo. Yo dudé. Supuse que Martin me estaba poniendo a prueba y que de esa prueba no dependía qué fuera a pasarme a mí sino, más bien, lo que fuera a pasarle a Urraca. Martin me dijo: «Si piensas que serás el primero que veo follando con mi mujer te equivocas. ¿Quieres saber desde cuándo lo hago?

»Una vez, poco después de acabar la universidad, estábamos en una caravana en un camping del mar del Norte, en un sitio cerca de donde vivimos. Habíamos discutido y ella, que estaba borracha, se metió en una de las caravanas vecinas y se tiró a su ocupante. Un rato después regresó y follamos como nunca lo habíamos hecho. A partir de aquel momento, eso se convirtió en una especie de rutina, que llevábamos a cabo todas las noches, ampliando el círculo cada vez más y descendiendo a los infiernos del proletariado alemán que tú ni puedes imaginar, con sus enfermedades venéreas y su charla soez y su mala cerveza, que era todo lo que los demás veraneantes tenían para ofrecer.

»Nuestra rutina era la siguiente: cada noche, ella bebía hasta alcanzar el punto que llamaba "de no retorno". Entonces se metía en la caravana del vecino y se lo tiraba y a continuación se tiraba a todos los otros tíos que pasaban por allí y se enteraban de que había coño gratis. Yo solía contarlos al comienzo, pero luego los números tendían a volverse menos y menos fiables, ya que a veces la asaltaban de a dos o más, y muchos repetían. Supongo que se tiraría, aunque ésta es una cifra probablemente inferior a la real, unos cuarenta o cincuenta tíos por noche. En algún momento, alguien la traía de regreso a nuestra caravana, chorreante de semen y casi inconsciente. A menudo le salían hilos de sangre de la entrepierna que le caían hasta las pantorrillas. En ese estado era como más me gustaba follármela, lubricada por el semen de todos los tíos que se la habían tirado. Nos dormíamos en brazos uno del otro y nos pasábamos el día siguiente en la playa, tratando de recuperarnos de la noche anterior y esperando la noche siguiente. Quizá tuviéramos que haber pensado qué estábamos haciendo, pero no recuerdo haberlo hecho, y, si lo hice, fue sólo para convencerme de que era mejor seguir juntos así que no hacerlo en absoluto.

»Nuestras vacaciones se acababan, pronto ambos tendríamos que regresar a nuestras clases en la universidad, y en realidad, lo preferíamos así porque las cosas se habían salido de madre y todos los veraneantes en el camping estaban enterados del asunto. Una de esas noches, la última de nuestra estancia allí por lo que ya verás, algo salió mal por fin: un borracho se puso violento y la cortó por el medio. Se la siguieron tirando varios más, pero alguien, un poco más sobrio que el resto, comprendió el lío en que se estaban metiendo y me avisó. Yo la llevé a un hospital y allí le salvaron la vida, aunque los médicos dijeron que fue un milagro que no se muriera en la caravana aquella.

»Un poco por hacernos un favor unos a otros, un poco porque en esos pueblos la policía es absolutamente ajena a esta clase de cosas, nadie hizo preguntas y, por lo tanto, nadie contestó. Nosotros regresamos a Osnabrück, que es donde vivimos, y nos pasamos los siguientes meses evitándonos el uno al otro, dando vueltas por nuestro piso como dos sonámbulos.

Sólo poco a poco recuperamos la confianza en el otro y pudimos volver a hablarnos y a mirarnos a la cara, pero ya no follamos más. Yo comencé a masturbarme cada vez más habitualmente pero, las cosas que tenía en la cabeza cuando lo hacía, escenas vistas en una película o mujeres que había conocido aquí y allá, fueron perdiendo intensidad y, al final, sólo podía hacerlo con el recuerdo de lo que habíamos vivido en el camping: los tíos que entraban y salían de la caravana cuando ella estaba dentro, la forma en que temblaba cuando la traían de regreso, la vez en que la cortaron.

»Entonces ella comenzó a echarse amantes; al principio mujeres y hombres a los que abordaba en el metro o en un restaurante, desconocidos a los que nunca volvería a ver y que, por lo tanto, no significaban nada para nosotros, pero luego otros académicos, colegas del departamento donde trabajamos y que suponen que yo no sé nada. Sin embargo, yo estoy al tanto de todo. Ése, el requisito de que ella me lo cuente todo, es el único que apuntala nuestra relación y es el único rastro de amor y de honestidad por aquí: cada vez que lo hace y me lo cuenta, el dolor es inmenso, pero después cada cosa desfila delante de mis ojos cuando me masturbo y yo tengo la sensación de haber tomado parte; más tarde, cuando hablamos de eso, lo que ha hecho y cómo lo ha hecho y dónde, en fin, esa historia, deja de ser suya para convertirse de alguna manera en nuestra, mía y de ella, en la que el que se la ha follado aparece como esas personas que emergen de las fotografías que uno hace en un lugar público, al fondo y fuera de foco, sin valor ninguno para el que hace la fotografía o para el que posa para ella.

»Un día, hace poco tiempo, reuní valor y le pregunté qué sentía cuando se la tiraban tres o cuatro tíos a la vez, y ella respondió que no sentía nada, que sólo esperaba que se cansaran, que la dejaran en paz, que lo que hacía era sólo algo que sentía que alguna vez debía ser hecho, pero que incluso así no era en absoluto satisfactorio y que se parecía a no hacer nada. Sólo era algo que había que hacer, allí y en ese momento, y ella lo hacía».

Martin dejó de hablar y yo me quedé mirándolo a través de la mesa, pensando que estaba borracho y que había inventado la historia para escandalizarme o asustarme o para reírse de mí, pero luego miré a Urraca y me di cuenta de que, aunque había mantenido los ojos cerrados durante todo el tiempo, lo había estado escuchando todo. Me di cuenta de que, por la forma en que nos habíamos sentado, yo estaba en el medio entre ellos dos y comprendí que esto no era casualidad. Entendí que Urraca había fingido quedarse dormida para que su marido me contara la historia, y que ahora esperaba que me la tirara delante de él, y comprendí que ése era un juego que ellos solían repetir delante de extraños, un juego que de alguna manera restituía un cierto equilibrio perdido entre ellos. Una vez había leído la historia de un matrimonio que se había marchado de vacaciones a un pueblo junto al mar a salvar su matrimonio o a pescar un tiburón, lo que sucediera primero. No recordaba bien qué pasaba después, aunque creía que ninguna de las dos cosas tenía lugar y que todo terminaba en un baño de sangre, pero en ese momento me acordé de aquella historia y pensé que yo era el tiburón. Supe que no era importante, que lo importante era que yo les prestara el servicio que ellos requerían, el servicio que restituía su relación a un punto en el que algunas cosas no habían pasado. Mucha gente pagaba para eso, así de ridículo era todo. Intenté imaginarme a Urraca cubierta de semen, con pingajos de sangre chorreándole entre las piernas, cortada en canal, pero no pude; por contra, la vi tal como era, la piel blanca bajo el cabello negro, los ojos claros. Le quité los pantaloncillos y la follé sin pensar en ella. Mientras lo hacía, pasé la mano por la cicatriz y ella soltó un grito sordo; a mis espaldas escuchaba a Martin, y pensé que se estaba masturbando, pero después me di cuenta que estaba llorando, que su llanto era lo que yo había confundido con gemidos. Un poco después de que Urraca se corriera, acabé yo también. Me subí los pantalones y me dirigí a la puerta pero antes de cruzarla me pareció ver que había una tercera persona en el piso, acuclillada en la oscuridad, a las espaldas de Martin. Al bajar, me detuve junto a la farola de la calle y vi que el suelo estaba regado de mariposas quemadas. Una de ellas pataleaba boca arriba, y yo sentí compasión de ella y le di la vuelta; pensé: Por lo menos tú vas a salvarte, pero la mariposa agitó las alas un par de veces y luego volvió a lanzarse hacia la luz; se escuchó un ruido, y cayó muerta con las otras. En el piso de los alemanes habían prendido una luz.

Esa noche dormí mal, y cuando bajé a la playa al día siguiente los encontré recogiendo sus cosas. Se marchaban por la tarde, me dijo Urraca. Me eché a su lado y noté que las cosas eran tal como siempre habían sido: Urraca leía su libro y de a ratos interrumpía su lectura para decirme algo y Martin permanecía distante, mirando el mar como si esperara que de allí saliera un monstruo terrible que se lo tragara. Jonás encontró a Dios en el vientre de un pez; cosas más raras se han visto, pensé. Miré de reojo a Urraca y vi su cicatriz y supe que estaba enamorado de ella; vi sobre su hombro las letras que se apiñaban en su libro y le dije que quería aprender su idioma. Ella se rió. Miró a Martin y le dijo algo en alemán. Él asintió con aire distraído y entonces ella sacó de su mochila un libro y me lo extendió. «Puedes comenzar con esto; los otros que tengo serían demasiado difíciles para ti», me dijo. Yo miré la portada y no comprendí demasiado. «Es de Martin», me explicó ella. «Martin escribe cuentos para niños», agregó. Yo asentí. Entonces Martin se puso de pie y luego se puso de pie Urraca y yo también tuve que ponerme de pie y ella dijo: «Si no nos marchamos ahora no llegaremos a tiempo para coger el autobús». Miró la playa y el mar y luego a mí y agregó: «Voy a echar de menos todo esto». Yo no supe qué decir. Les ayudé a recoger las cosas y luego los acompañé hasta la puerta de su piso. Supuse que me harían entrar, pero me despidieron en la puerta. Urraca me dio un beso en cada mejilla. Martin me estrechó la mano con aire indiferente. Yo alcancé a preguntarles si volverían el próximo verano pero ninguno de los dos me respondió.

Ese mismo invierno comencé a aprender alemán con un austriaco que se había quedado en el pueblo trabajando para una organización de acogida. El libro de Martin se titula *Abgrundsforscher*, o sea, «Exploradores del abismo», y trata de unos adolescentes que tropiezan con un submarino alemán abandonado y lo rehabilitan y recorren con él las profundidades marinas, donde descubren que las tripulaciones de otros submarinos alemanes –en realidad, no más que ancianos que farfullan parlamentos ridículos sobre la superioridad de la raza aria pero que, de alguna forma, el narrador parece tomarse en serio– creen que la guerra aún no ha terminado y siguen en activo. En *Die deutsche Kinderliteratur zwischen 1950 und 2000* [«La literatura infantil alemana entre 1950 y 2000»], Wilhelm Rabenvögel lo califica de «filofascista» y agrega que su autor, «Martin Schäckern, se suicidó el 14 de abril de 1999 en su piso de Osnabrück, a los treinta y dos años de edad».

EL CORTE

Al mirarse en el espejo tuvo la misma impresión de cada una de las ocasiones anteriores, que los espejos de esa peluquería lo reflejaban todo embelleciéndolo. En el espejo, por ejemplo, las manos de la peluquera parecían delicadas pero, al mismo tiempo, firmes, como las manos de una tejedora o las de una apostadora que había visto cierta vez en el casino de Mar del Plata. Eran manos pequeñas pero capaces de hacer muy bien su trabajo, cortar el cabello negro de ella en mechones que caían sobre la tela roja de la bata y siempre le provocaban un estremecimiento, ya que la separación de ella y de su cabello era un asunto muy serio. En ocasiones, al disponerse a abrir la puerta de la peluquería sabiendo de antemano que escucharía la campanilla colocada en el dintel para anunciar la llegada de los clientes, se decía que no haría eso si estuviera en el país, que no se atrevería a cortar el cabello negro que era el orgullo de su madre si aún viviera en el país que su padre llamaba «la patria» las escasas ocasiones en que discutían en el teléfono. Pero estaba en Alemania, donde todo era diferente y, en cualquier caso, cosas como un cabello negro, creía, podían ser fastidiosas.

Miraba por la ventana cuando llegó la peluquera, que comenzó a colocarle la bata sin apenas saludarla. La peluquera no era alemana sino polaca. No sabía esto por ella, puesto que nunca habían cruzado más de cinco palabras, sino por la persona que se la había recomendado cuando ella acababa de llegar a Alemania y pensaba que todo era tan diferente que incluso su cabello debería ser otro para no recordarle lo que había dejado atrás.

Al principio, la peluquera se había mostrado contraria a la idea de cortarle. Ella sólo cortaba a hombres, le había dicho con una contundencia que le pareció a ella una señal de orgullo profesional, y un empecinamiento que le pareció puramente eslavo. Pero, a pesar de esa reticencia inicial, acabó cediendo, y los cortes comenzaron a sucederse mes tras mes. En invierno, las mangas de los suéters de la peluquera, que por regla general eran demasiado largos, caían sobre las manos y las tijeras y acababan llenos de pelos, y en verano, al levantar la peluquera los brazos, ella podía ver los bordes marrones de las manchas que los lamparones de sudor dejaban sobre su camisa al secarse. Muchas veces, en verano, ella pensó que esa huella de cansancio debía excitar a los hombres que eran sus clientes, pero nunca pudo explicarse cómo había llegado a esa idea.

Mientras pensaba nuevamente en ello, notó que los primeros mechones comenzaban a caer sobre la bata. Las manos de la peluquera se movían alrededor de su cabeza como abejas preocupadas, dejando a su paso un rastro de devastación que, paradójicamente, debía embellecerla. Entonces alguien abrió una ventana en el edificio de enfrente y ella se volvió, por instinto, para mirar quién salía al balcón. La peluquera, al ver que la cabeza en la que trabajaba giraba sin previo aviso, soltó involuntariamente la tijera, que cayó sobre la bata.

–Lo siento –se disculpó ella.

–Disculpe –respondió mecánicamente la peluquera, recogiendo la tijera del regazo y pasándole un dedo por las hojas para quitarle los cabellos que se le habían adherido.

Continuó cortando sin volver a hablar. Habían pasado varios minutos cuando ella, como si sólo hablara para sí misma, dijo, a manera de disculpa:

–«La curiosidad mató al gato.» ¿No tienen ese refrán en su país?

La peluquera dejó de cortar por un momento. La tijera permaneció en el aire, abierta.

–No –respondió finalmente, volviendo a su trabajo–. ¿Qué significa?

–Bueno –pensó ella en voz alta–, los gatos suelen ser curiosos, eso es todo.

–Sí –respondió la peluquera después de un instante–, pero ¿por qué muere el gato?

Ella pensó por un momento, sin acabar de entender la pregunta.

–Yo sólo digo que los gatos son curiosos pero no tontos –continuó hablando la peluquera–. Entonces, ¿por qué habrían de morirse sólo por ser curiosos?

–Bueno –balbuceó ella a manera de respuesta–, imagine que un gato mira su reflejo en un río. El gato piensa que su reflejo corresponde a otro, incluso aunque ese otro imite sus movimientos. Entonces se lanza al agua para jugar con él y se ahoga. Es un ejemplo de cómo un gato puede morir por ser curioso.

La peluquera permaneció en silencio un largo rato, cortando el cabello de la nuca, y ella volvió a pensar lo de siempre, que esa peluquera polaca le caía bien. Le gustaba su seriedad, el gesto de concentración que esbozaba cuando le cortaba el cabello a la altura de la nuca. A menudo, cuando se aburría en alguna de sus clases, solía llevarse la mano a esa parte preguntándose cuándo crecería el cabello de nuevo para volver a visitar la peluquería; pero ese pensamiento le parecía reprochable porque la peluquera no era su amiga. Era lo más cercano a una amiga que ella tenía en Alemania, pero eso era todo.

Cuando levantó los ojos, notó que la mujer miraba la ventana, pensativamente. La tijera permanecía en sus manos, abierta, como las tijeras que los alcaldes sostienen en las fotografías de las inauguraciones.

–No creo que un gato pueda verse en el río –dijo finalmente, encogiéndose de hombros, como si su comentario no tuviera importancia–. Quiero decir, quizá vean formas, pero no creo que piensen que es un gato lo que se ve allí. Pero es una idea buena, porque mi padre solía ahogar a los gatitos en el río, allá en Polonia, y eran muy bonitos y pequeños. Si los gatitos podían verse en el río quizá pensaran que iban a jugar con otro gato y eso hiciera su muerte más tolerable, pienso.

Ella no supo qué responder. La peluquera volvió a cortar, como dando el asunto por terminado, pero luego dijo, deteniéndose:

–No sé si a los gatos les molestaba morir; no sé si pensaban en eso. –Y agregó, como si olvidara un detalle importante–: Mi padre dejaba luego que el río se llevara los cuerpos de los gatos muertos y una vez vino un campesino y nos contó que los había visto pasar frente a su granja, que quedaba a muchos kilómetros del pueblo, así que, de alguna manera, los gatos seguían haciendo cosas después de muertos. Muchas veces yo pienso que eso es lo que sucede después de la muerte, una sigue haciendo cosas pero no puede saberlo, es arrastrada por un río.

Ambas permanecieron en silencio un largo rato. La peluquera levantó un espejo para mostrarle la terminación de la nuca y ella, sin mirar, respondió afirmativamente. Como siempre sucedía, no hizo comentarios sobre el corte de cabello ni sugirió correcciones. En cambio, pensó que nunca había hablado tanto con una persona en Alemania, incluso aunque hacía meses que vivía allí. Por un instante, pensó que la peluquera era su única amiga en esa tierra en la que siempre sería una extraña, en la que los domingos estaban vacíos y los atardeceres prematuros sólo eran la señal de que tenía que regresar a la soledad de su apartamento para cocinar algo, pasar un dedo por el polvo de la biblioteca, declinar verbos alemanes. Si la soledad hablaba algún idioma, pensaba ella, ese idioma tenía que ser el alemán, pues en ninguna parte una persona estaba tan sola como en Alemania. Pensó que quizá podría invitar a la peluquera a tomar una taza de té, pero entonces se dijo que no sabría de qué hablar con ella. Se imaginó a ambas sentadas en una cafetería sin saber por dónde comenzar lo que a todas luces ya había terminado en el desastre, pero luego pensó que podría preguntarle sobre su trabajo, sobre si se sentía orgullosa cuando acababa con un cliente, si, al verlo luego por la calle, no le reprochaba mentalmente el peinarse mal o el aplicarse demasiado gel para el cabello. Le gustaría preguntarle si ya era peluquera antes de dejar Polonia, si le cortaba el cabello a su marido y a sus hijos, si es que los tenía, si no le dolían las manos al final del día, si alguna vez había cortado mal para llevar a cabo una venganza contra un cliente en particular o sólo como un juego.

Para cuando volvió a mirar, la peluquera ya había quitado el cabello que había caído sobre su rostro y su cuello y retiraba la bata. Se levantó, y al hacerlo notó que los mechones de cabello en el piso dibujaban lo que parecía la columna de un periódico que había visto en manos de un compañero de estudios chino. La peluquera se acercó a la caja y tecleó un instante. Luego dijo:

–Diez euros con treinta céntimos, por favor.

Ella le entregó el dinero y, sin atreverse a mirarla a los ojos, empleando para ello cuanto en ella había de voluntad, sugirió:

–Quizá, si a usted no le molesta, podríamos tomar una taza de té luego. No conozco personas en la ciudad y me gustaría hablar con usted.

Entonces la peluquera la miró con una perplejidad que poco a poco se fue convirtiendo en sospecha y luego en resentimiento. Ella sólo atinó a hacer un gesto con la mano y a dirigirse a la puerta, donde la campanilla del dintel sonó al abrirse y al cerrarse tras su paso. No quiso pensar en su error, en la peluquera observándola a través de la ventana, negándose a cortarle el cabello la próxima vez o sólo haciéndolo a regañadientes. Afuera el aire era frío. Ella comenzó a caminar en dirección a la parada del autobús y después no sucedió nada más.

NOTA

Versiones preliminares de estos relatos fueron publicados en los siguientes medios: «Las ideas», en *Letras Libres* (Madrid, 2008); «El viaje», en *El vuelo magnífico de la noche* (Buenos Aires, 2002) y en *El futuro no es nuestro*, la antología de narradores latinoamericanos nacidos entre 1970 y 1980 preparada por Diego Trelles Paz para la revista *Pie de Página* (Bogotá, 2008); «Dos huérfanos» fue incluido en la antología de Maximiliano Tomas *La joven guardia: Nueva narrativa argentina* (Buenos Aires, 2005, y Barcelona, 2008); «La visita al maestro», en *La erótica del relato. Escritores de la nueva literatura argentina* (Buenos Aires, 2009), reunida y prologada por Jimena y Matías Néspolo; «Abejas», en *Esquire* (Ciudad de México, 2008); «Exploradores del abismo», en *Etiqueta Negra* (Lima, 2009); y «El corte», en *Stint: Zeitschrift für Literatur* (Bremen, 2005), en traducción de Burkhard Pohl. «Es el realismo» obtuvo a su vez el Premio Juan Rulfo de Relato (París, 2004), otorgado por Radio Francia Internacional, Instituto Cervantes, Casa de América Latina, Instituto de México y Unión Latina, y una versión de «Abejas» fue premiada con el título «Intrusos» en el Premio Paso del Estrecho (Málaga, 2008). Mi agradecimiento a los antologadores mencionados, a las revistas y a las editoriales que acogieron estos relatos y a los jurados de los premios que les fueron otorgados, así como a las siguientes personas: *Chacho* Pron y *Yaya* Hinny, Adelaida Martín Antúnez, Juan Caro García y Adelaida Caro Martín, Ramón Chao, Julio Trujillo, Ramón González Ferriz, Marco Avilés, Jorge

Carrión, Jaime Rodríguez Z., Antonio Jiménez Morato, Juan Villoro, Elvio E. Gandolfo, Alan Pauls, Rodrigo Fresán, Mónica Carmona, Claudio López Lamadrid, Miguel Aguilar, Virginia Fernández, Eva Cuenca, Carlota del Amo y Alfonso Monteserín. Este libro es para Giselle Etcheverry Walker («She doesn't have to say she's faithful, / Yet she's true, like ice, like fire»).